角川源義の百句

Kadokawa Gengi

角川春樹著

Kadokawa Haruki

ふらんす堂

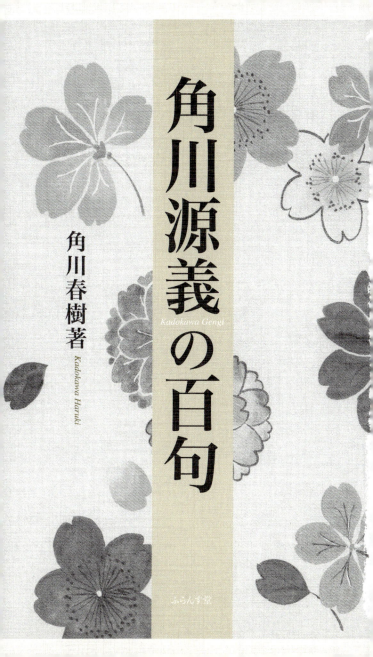

目次

角川源義の百句

第一句集ロダンの首

窓外に黒ずむ山や扇置く　（S8）

源義十六歳の作。
飯田龍太氏は俳句鑑賞読本『俳句の魅力』で掲句を採りあげ、次の一文を寄せている。
夕ぐれの暮れゆく山容に、扇を配した飛躍は、簡潔鮮明である。

石田波郷は『ロダンの首』の跋文で、

このやうに最初から完熟してゐる作者も珍しい。（中略）単に洒落た構図の句と言ひ棄てられさうな句だが、こゝには或る人生の一点が動きを止めて定着されてゐるやうなところがある。

と述べている。「窓外に黒ずむ山」とは、立山連峰。大須賀乙字《おつじ》の言う「二句一章」論を実践した初期の代表句。俳句の形を生涯大切にした源義の片鱗が現れている。

夜は秋の一湾の灯を身にあびつ　（S10）

源義十八歳の作。
石田波郷は『ロダンの首』の跋文で、

今日の俳句は何よりも先づ作者の内的欲求があつて、その後に十七字があるとされてゐるが、著者は先づ俳句の形があると考へてゐると思ふ。俳句の形こそが何ものにも替へがたい魅力なのである。この形の中で自己表白をするといふ魅力は、他の如何なる文芸形式によつても果されない。

と述べている。源義は富山県神通中学校卒業後、京都に出て、立命館中学校補習科に籍をおく。夏に帰郷、その折に自転車で能登万葉調査に出掛けている。右の句は七尾港での旅吟である。

後年、私は伊勢志摩の漁港で掲句と同様の景を体験し、この句に感動した。

空の深ささびし石楠花《しゃくなげ》咲きそめぬ（S11）

源義十九歳の作。

源義は「俳句における『抒情性の恢復』」を旗印に、昭和三十三年十二月、俳句結社誌「河」を創刊。掲句は、十九歳の哀歓の抒情詩。「空の深さささびし」で切れ、「石楠花咲きそめぬ」と続く二句一章の作品。中七の途中で折れるのは俳句の伝統的な手法だが、この屈折が「こころの屈折」と照応する愁いに満ちる表現方法である。例えば、『ロダンの首』の代表句を踏まえた、私の源義への追悼句である。

泰山木の花や天より父のこゑ　　角川春樹

山本健吉著の『句歌歳時記』には、次の鑑賞文を掲載している。

空の碧と石楠花の紅と、どちらも深い色で、映じ合っている山気の寂《しず》かさがある。

この句の発見者は、山本健吉氏である。

かはたれの人影に秋立ちにけり　（S11）

源義十代の最後の作である。
右の句も、『角川源義全句集』の中から山本健吉氏が発見した作品。
山本健吉著の『句歌歳時記』には、次の一文がある。

「かはたれ」は明け方。薄暗い「かはたれどき」に、浮び上った人影に、秋の冷気が流れる。もちろん「目にはさやかに見えねども」である。

石田波郷が「最初から完熟してゐる作者も珍しい」と評したが、掲句はそれを十代にして実証した作品。東京の経堂に移住しての青春の鬱屈から生まれた。

くらがりへ人の消えゆく冬隣　（S13）

源義二十一歳の句。
神田三崎町の「馬酔木《あしび》」句会にも二度ほど出席し、受付にいた石田波郷を垣間見る。

『ロダンの首』の石田波郷の跋文には、

若い日、著者は「馬酔木」の句会に出席したことがあるさうだ。馬酔木の自然諷詠の手法は、著者のそれと確かに通じ合ふものがあるやうだ。初期の句にも、後期の旅中の句にもそれが顕著に見られるのである。（中略）場面としては何をいつてゐるのかよくわからぬが、こゝにも或る後姿が印象としてながく残り、かういふ句は後にどうなつてゆくか期待をもたせる。

と評している。「くらがり」は、人それぞれ感じ方が違うが、なにか暗い時代の幕明けを告げるような措辞である。

しはぶきの野中に消ゆる時雨かな　（S13）

この年の最後の作。代表作の一つである。

右の句には、次の詞書《折口信夫先生に随ひ武蔵野を歩く》がある。源義五十八年の生涯には、さまざまな人との出逢いがあったが、もっとも大きな影響を受け、また呪縛もされたらしいと思うのは、師・折口信夫（歌人・釈迢空）だった。

師との運命的な出逢いは神田古書肆を歩いていて、店頭に積まれた雑誌の中から見つけた折口信夫著の『古代研究』だった。源義十九歳の時である。折口信夫の門下生の一人であった山本健吉氏の『現代俳句』には、次の鑑賞文が収録されている。

師の思い出の深い一句であろう。迢空・源義の師弟は、どちらも強い個性の持主だけに、激しい愛憎、牽引と反撥がこもごも存在したというのが、私の解釈である。たまたまこの日、師弟相たずさえて、武蔵野に散策に出掛けたというのは、よくよく両者の気持ちがたがいに寄り添っていたということで、心のうちは天気晴朗で、嬉々として軽やかに歩いているさまが眼に見える。実際は時雨がぱらついて来て、うすら寒さに洩らす師の咳きが雨中の野中に冴することもなく消えてゆく。弟子の心の奥深く消えて行くのだ。そのような師弟交歓の一齣が、この一句から浮かび出てくるのである。

掲句について石田波郷は、

若い日の著者が師に随つて武蔵野を歩いた時の句であるが、折口博士の美事な「俳句による肖像画」になつてゐる。

と鑑賞したが、この作品は波郷の言葉に尽きるであろう。

逝く年の人のあゆまぬ闇に入る　（S14）

昭和十四年の最後の作。

右の句は、第一句集『ロダンの首』の掉尾に置かれている。一方、巻頭は次の一句。

冬波の群《むれ》ひとりの部屋つくる

「冬波」の句は、角川源義全句集の中で唯一の観念的な破調の句である。『ロダンの首』は編年体ではなく、さらに別の年代であったりする。この句が作られたとされるのは、荻窪に新居が完成し、出版事業が大きく飛躍した昭和三十年である。難解な「冬波」の句を試みに読み解くと、暗い不安感を抱きながら人々の群と離れて、自分ひとりの心の部屋を作る、という句意だ。とすると、「逝く年の」の句の後に続く作品なのではないか。昭和十四年の当時、源義は折口信夫の短歌結社「鳥船」の会員だった。例えば、次の一首。

友多く召されしあとの　さびしさや。もりがたき瞬間《トキ》を、雪降りいでぬ　角川源義

「鳥船社」では、歌を表記する場合必ず句読点をつけるものと教えた。掉尾の「逝く年の」と「冬波の群」を繋ぐと次の一首となる。

逝く年の人のあゆまぬ闇に入る。冬波の群《むれ》　ひとりの部屋つくる　角川源義

掲句について、山本健吉著の『句歌歳時記』では、

「逝く年の」で小休止。夜ふけて、人っ子ひとり通らない闇の道を、歩いている。師走

の作者の、ある時の、ふとした所感。

と述べている。源義の随筆集『雉子の聲』の「灰色の季節」の章によれば、浅草や銀座を彷徨した時代の作品。「人のあゆまぬ闇に入る」は、灰色の季節の、暗い不安感を詠った措辞であろう。

敗戦の日や向日葵すらも陽《ひ》にそむき　（S20）

昭和二十年八月十五日、源義二十八歳の作。

同時作に、

炎天やマキンタラワのおらびごゑ
夏鴉瓦礫のなかにうづくまる

がある。この時、同じモチーフで先に短歌が作られ、これを最後に短歌と訣別した。

向日葵は陽にそむきつつ咲きにけり国敗れたるをたれと歎《なげ》かむ　角川源義

「角川源義年譜」によれば、「九月復員。城北中学校に復職。十一月、同校辞任。板橋区小竹町二六九〇の自宅の応接間を事務所として角川書店創立。」とある。随筆集『雉子の聲』には、次の一文がある。

私は（中略）三日市の小学校へ疎開し、そこで終戦を迎へた。これからの日本がどうなるのか、不安な思ひだつた私は教壇に立つて、中学生に教へるよりも、巷に出て、出版人にならうと決心した。出版の仕事を通じて、私の志を多くの人々に訴へることが出来るからだ。

私は源義の決意を、次の一句に込めた。

敗戦日そして、それから本生まる　角川春樹

福島駅冬梨のごと人黙《もだ》す（S26）

源義三十四歳の作。

「角川源義年譜」によれば、「五月、初めて山梨県境川村の山廬《さんろ》に飯田蛇笏を訪う。七月二十九日、次女眞理誕生。十二月、阿部次郎還暦記念文集『阿部先生の横顔』に「憂愁の隠者」執筆。」とある。

昭和二十六年の冬、阿部次郎を訪ね幸田文と東北を旅している。掲句は、その折の旅吟である。この句の眼目は、「冬梨のごと人黙《もだ》す」の譬喩《ひゆ》にある。この梨は駅の売店で売られていたとも考えられるが、やはり、福島駅の乗降客の表情であろう。厳しい風雪に堪《た》える寡黙な東北人を見事に活写している。また、固有名詞の「福島駅」が抜群に効いていて、いっそうの寒さを感じさせる。

かなかなや少年の日は神のごとし（S27）

源義三十五歳の作である。
平成三十年「河」二月号は「角川源義生誕百年特集」であった。「河」の主要同人である菊地悠太が掲句を採りあげているので、一部引用する。

第一句集『ロダンの首』の「旅ゆけば」収録の一句である。源義先生の数ある句でも私の一番好きな句である。「かなかなや」と大きく切って「少年の日は神のごとし」と持ってくることにより二句一章の世界を最大限に表現されている。

晩夏から初秋にかけて鳴く蜩の声が、どこか物悲しく少年の日の夕暮れを連想させ、郷愁を呼び起こす感覚である。この句を読むたびに私にも少年時代の記憶が鮮明に蘇るのである。この懐かしい感じが何とも言えない。実際には源義先生が春樹主宰のことを詠んだ句のようだが。

故・秋山巳之流《みのる》が掲句について、源義に問うたところ「私ではない。春樹のことだ」と答えた。

俳句は発見されることで歴史に残るが、源義の生前は秋山巳之流以外誰一人として注目していなかった代表句。

盆の海親知らず子知らず陽《ひ》の没るよ　（S27）

随筆集『雉子の聲』の「親不知紀行」に、

「盆の海」の句は、父の初盆を修めに帰郷した私が、東京へ立つて行くときの作品である。稲の穂のたわわな国原に盆火がともり始めた中を、汽車が走つてゐた。ちやうど親不知の海をすぎる頃、見事な落日を見た。その感動が句に表現されてゐるかどうか判らない。私の青春期にも、悲惨な時期にも親不知の海は、私に何か語りかけてゐるやうだつた。

と自解している。掲句の眼目は、地名の「親知らず子知らず」を詠み込んだところにある。私の獄中句集『檻』には、源義の右の句を踏まえた作品が収録されている。

親知らず子知らず秋のつばくらめ　角川春樹

「秋のつばくらめ」は、源義の第二句集『秋燕』を詠み込んだ。

父祖の地や蜻蛉《あきつ》は赤き身をたるる　（S27）

源義は富山県新川《にいかわ》郡水橋町に生まれている。いま水橋町の郷土史料館の前にこの句が、句碑として建立されている。「赤とんぼ」は、源義の愛唱歌で自宅で行われた出棺の時に、私は大声で「赤とんぼ」を歌っていた。いまや「赤とんぼ」は源義を偲ぶ歌として「河」の全国大会では、河衆全員が手を繋いで熱唱することが恒例となった。

前述の句碑建立の記念式典で、山本健吉・池田弥三郎両氏の講演が行われた。記念式典の最後に、句碑の前で参加者全員が「赤とんぼ」を歌った時、突然、赤とんぼの群が夕空に出現した。私の隣に立っていた山本健吉氏が、「源義君が帰って来た」と呟いた。

秋雲の下そこはかと人住めり　（S28）

源義三十六歳の作である。

右の句には、次の詞書《私の外遊送別とて季節誌友と大垂水峠に行く》がある。俳句歳時記の例句をあげると、

秋の雲みづひきぐさにとほきかな　久保田万太郎
眼のなかの秋の白雲あふれ去る　山口誓子
ある朝の浮かべる秋の雲なりけり　安住　敦
秋雲やふるさとで売る同人誌　大串　章

があり、山口誓子の「秋の白雲」が代表句となっている。当然であろう。山口誓子の

全作品の中でも秀句の一つである。源義の掲句は、全作品の中でも知られた句ではなく、私が発見して百句に選んだ。「そこはかと人住めり」の措辞が、何でもないようでいて心に沁み込んでくる。名句意識のないところから生まれた秀句。

春の雨博多の寿司のくづれをり　（S28）

源義三十六歳の作。
角川源義全句集の中から山本健吉氏が発見した作品。源義の食べ物を詠んだ句は、他に、

旅終へて春《しゅん》筍《じゅん》京に溢れをり
鮎なます熊野の神の客となる

があるが、極めて少ない。山本健吉著の『句歌歳時記』に掲句を採りあげている。

『ロダンの首』より。春雨、博多、寿司、崩れ——と、何気ないようで、動かない。他の季物、地名、食物、状態では、さまにならぬ。博多はさかなのうまいところ。崩れを詠んでも、おのずから賞美の心はある。

梅雨季《どき》に、富山の鱒寿司を車中で食べた時に、源義の右の句と同様の体験をし、納得した。後年、静岡刑務所で鱒寿司の箱を刑務作業として作ることになった。

鱒鮨の箱を作りし残暑かな　　角川春樹

曼珠沙華赤衣の僧のすくと佇《た》つ　（S28）

句集では昭和二十九年に収録されているが、事実としては昭和二十八年の作。例えば、句集には十一年の項に収録された「夜は秋の一湾の灯を身にあびつ」は、実際は昭和十年の作である。吉田鴻司編の『角川源義集』では、掲句は昭和二十八年の作と断定している。

一読すると「赤衣の僧のすくと佇つ」は、「曼珠沙華」の譬喩と受け取れるが、果たして正解と言えるだろうか？　永年この句が気になっていたが、静岡刑務所のある夜、赤衣の僧が群がって私に迫ってくる夢を見た。忍従の日々の幻想である。

「狂気」と題する五句の同時作に、

我狂気つくつく法師責めに来る

「つくつく法師」は「赤衣の僧」だろう。「曼珠沙華」は「彼岸花」「死人花《しびとばな》」の別名がある。源義は昭和二十八年、人生の中で初めて狂気にかられるほど、大事な人々を次々に失った。

四月二十一日、母・八重が脳外出血のため倒れ、三十分の後に死す。

吾《あ》を待たで母蓮華田《れんげだ》にいざなはる

五月二十八日、角川書店を立ち上げる動機となった『風立ちぬ』の著者・堀辰雄が逝去。

草ぼけの高原《たかはら》深くひつぎ行く

九月三日、恩師・折口信夫が慶応病院にて永眠。

炎昼や死を伝へむと巷《まち》に佇つ

「ひまわり」を描いたゴッホの狂気が、この時、源義にとりついていた。「曼珠沙華」は「死神」だった、と思われる。昭和五十年、源義は東京女子医大に肝臓癌に侵され入院。この時も「死神」に囁かれた、次の代表句が生まれた。

浮人形なに物の怪の憑《つ》くらむか

浜《はま》豌《えん》豆《どう》雨はらはらと灘光る　（S30）

源義三十八歳の作。

『ロダンの首』の「あとがき」によれば、

二十九年からまた私に作句熱が生じ、殊に三十年からはそれが度をすごしてゐるかと思はれる程であつた。自然この集に多く収めた。

とある。集中の一句。花は夏、赤紫色から青色に変わる。名はえんどうに似ていて浜辺に生えるからといわれている。海浜に乱れ咲くさまは可憐であり、紺碧の潮流との対照が美しい。「浜豌豆」に対して、日照り雨を配した「雨はらはらと灘光る」の措辞が相応しい。

枇杷《びわ》する大いなる貌よ阿波に入る　（S30）

右の句には、次の詞書《車中の武者小路先生》がある。
昭和三十年、春、角川文庫祭講演会を四国各県に開催、武者小路実篤、亀井勝一郎

と源義は同行しているので、その途次の句である。
随筆集『雉子の聲』の中の「則天生我――武者小路実篤の芸術」によれば、

先生御夫妻と身近かに日々をすごす機会をもつたことは、私の生涯にとつて忘れがたいものである。（中略）旅の先生はよく食べられ、よく眠られた。

とあり、いかにも武者小路実篤の風貌が余すことなく描かれている。

ロダンの首泰山木は花得たり（S30）

源義の代表句である。
昭和三十年五月、荻窪に新居（現・幻戯山房）が完成、披露が句会も兼ねて行われる。水原秋桜子・富安風生・長谷川かな女・石田波郷・中村草田男・松本たかしといった俳人が集った。句集の「あとがき」によれば、この集の書名には、長いあひだ頭をなやましたが、結局「ロダンの首」とした。私の愛蔵するロダンの彫刻に名を借りたわけだが、（中略）昨年私の家が出来たをり、俳壇の諸先生方、諸先輩から泰山木を贈られ、新宅びらきの句会を催したをりに作った句である。

泰山木の植栽《しょくさい》当時は、まだ一・五メートルの若木で花も咲いていなかった。だが、源義には沢山の白い花をつけた泰山木の巨木が見えていた。「実」よりも「虚」のほうが句柄が巨《おお》きい。中七下五が「泰山木の花咲けり」ではなく、「泰山木は花得たり」としたところが素晴らしい。源義が唱導した典型的な二句一章の作品。

ねぢ花をゆかしと思へ峡《かい》燕《つばめ》（S30）

秩父長瀞《ながとろ》での作である。

「捩花《ねじばな》」は、初夏に茎を立て上部に螺旋状のねじれた穂を出し、桃紅色の筒状の小花を開く。福島県の型染め、捩摺（もじずり）の模様に似ているので文字摺草《もじずりそう》ともいう。

「ゆかし」は、床しい、懐かしいの意で、次の芭蕉の一句がある。

山路来て何やらゆかしすみれ草　芭蕉

源義の句の眼目は、中七の「ゆかしと思へ」の呼びかけにある。俳諧は、もともと呼びかけを含んでいた。古俳諧や芭蕉の句を念頭においての作品であろう。両岸の岩《いわ》襖《ぶすま》の間を飛び交う雄渾な景を前にして、愛らしい「ねぢ花」にも心をとめてほしい、という呼びかけである。

群《むれ》稲《ぼっ》棒《ち》一揆のごとく雨に佇《た》つ（S30）

福島から郡山への車中吟である。

源義の故郷・富山では大正七年に「越中女房一揆」と報じられた女性三百人の米騒動が起きている。源義生誕の一年後の出来事で、掲句にも源義の念頭にあったと思われる。この句について、源義は「棒のめぐりに稲をかさねて乾かしているのだが、暮色のせまる刈田という刈田に蓑《みの》をつけた百姓が群をなし、トキの声をあげて攻めて来るようで、鬼気せまる思いだった。」と自解している。

石田波郷はこの句について、

福島での作だが、寡黙な東北人（「福島駅冬梨のごと人黙《もだ》す」といふ句もある）の風雪と封建の桎梏の下の長い生活の歴史が、暗い雨の中に立並ぶ稲棒の群を、「一揆のごとく」と観る中に、一旅行者でありながら庶民の生活史を見通す目をもつものの観照の奥行を示してゐる。

と跋文で述べている。

古年《ふるとし》の応接室を闇におく（S31）

前年の昭和三十年五月に完成した新居で初めての正月を迎えた景である。この年から毎年の正月を自宅において会社関係、取り引き先の役員を集めて、二日間にわたって新年会を催すのが恒例となった。会場は二階の二部屋を使って行われるが、照子をはじめ、数人の女性が台所で料理を作り酒を熱燗にするため、午後十一時まで家族（私・辺見じゅん・眞理）はひっそりと仏間兼居間で二日間過ごすことになる。二階の喧騒は下まで響き、殊に源義の哄笑は耳障りで家族の団欒《だんらん》など全くなかった。淋しがり屋の源義にとって、正月の二日間は祭だったが、宴も終わり近くになると、一人去り二人去って行き、応接室だけが静まり返っている。源義の寂寥感から生まれた一句である。

何求《と》めて冬帽行くや切通し　（S31）

源義三十九歳の作である。この年の五月一日、処女句集『ロダンの首』が近藤書店から刊行。

源義の代表作十句の一つである。源義は求められると、好んでこの句を短冊や色紙に書いた。それだけ好きな作品の一つであった。
山本健吉氏の『定本現代俳句』に右の句について、

昭和三十一年作。作句年代から言えば、句集最後の句。「切通し霜踏めば逐《お》はるるごとし」の作もある。切通しといえば風雪の通り道である。それもおおかた、両がわの切崖《きりぎし》に土の赤膚色を露出した、起伏のある道である。岸田劉生に『切通之写生（通路と土手と塀）』があることを思い浮かべよう。その荒涼とした一本の道を、冬帽を眼深かにかぶり、外套の襟を立てながら、一人の男が寒そうに通る。その男は何を求めて行くのか、それは一人の求道者のように見える。
句集の跋を石田波郷が書いて、「冬帽の主は、事実としては著者ではないかもしれぬが、句の中では著者の分身を負うてゐる」という。分身とは「影」であり、さらに言えば、「たましひ」でもある。

と評した。
平成二十八年十二月刊の中村光声の処女句集『聲』には、次の一句が収録されている。

野ざらしをこころに冬帽往きたるか　　中村光声

中村光声の句は、源義の「冬帽」の句と芭蕉の次の代表句を重ねた作品。

野ざらしを心に風のしむ身哉　　芭蕉

中村光声の句は、源義の心情を見事に活写した。まさしく源義の念頭には「野ざらしを心に」があったに違いない。それが上五の「何求《と》めて」である。西行・芭蕉の求《ぐ》道者《どうしゃ》としての寂寥感が「冬帽」の一句に込められているからだ。「何求めて」の源義の旅は、やがて西行に到り着き、最晩年の「軽み」の次の傑作を生むことになる。

花あれば西行の日とおもふべし

第二句集秋燕

蟷螂《とうろう》の枯れゆく脚をねぶりをり　（S31）

源義三十九歳の作である。

右の句は、『角川源義集（吉田鴻司編）』三百句にも収録されていない。角川源義全句集の中から私が発見した句である。私は源義のこの句に触発されて、次の一句を句集『源義《げんぎ》の日』に収録した。

いきいきと飢ゑてゐるなり枯蟷螂《かれとうろう》　角川春樹

「枯蟷螂《かれとうろう》」とは、周囲の枯れとともに、体が緑色から保護色の枯葉色になった蟷螂のこと。蟷螂は雌雄交尾中、または交尾の後、大きな雌が小さな雄を食ってしまう。生き残った蟷螂が枯れてゆく。俳句歳時記の例句を一句だけあげると、

蟷螂の全身枯らす沖の紺　野見山朱鳥

があり、代表句となっている。当然であろう。野見山朱鳥の秀句の一つだ。源義の「枯れゆく脚をねぶりをり」の措辞は、詩歌の根本にある「いのち」と「たましひ」を詠った。

春はやてシネマ『雨情』のはねし街　（S32）

源義四十歳の作。

シネマ「雨情」は、明治末期から大正・昭和にかけて人々に親しまれた民衆詩人、野口雨情の放浪生活を描いた作品。監督は久松静児、主演は森繁久彌である。座五の「はねし街」は荻窪。源義は照子と二人で観に行った。

私が源義・照子に連れられて初めて映画を観たのは、チャプリンの「街の灯」であった。

映画「雨情」を見終わって出た街は、春の季節風によって塵が舞いあがり、黄色に濁った空を見上げる源義・照子の姿を、ありありと思い浮かべることができる。私は源義の掲句に惹かれて、処女句集『カエサルの地』に、次の一句を収録した。

シネマ撥《は》ね街は野分の旅に出る　角川春樹

どの谷も合歓《ねむ》のあかりや雨の中　（S34）

源義四十二歳の作である。

右の句には、次の詞書《箱根堂ヶ島は夢窓国師閑居の地と聞けば》がある。夢窓疎石《むそうそせき》は、鎌倉時代末から南北朝時代、室町時代初期にかけての臨済宗の禅僧。世界遺産に登録されている京都の西芳寺（苔寺）および天龍寺のほか、鎌倉市の瑞泉《ずいせん》寺などの庭園の設計でも知られている。その作風は、自然の眺望・景観を活かしつつ、石組などによって禅の本質を表現しようとしたものである。造園・開山にすぐれた疎石の住んだといわれる地は、いま、合歓《ねむ》の花の真盛りである。いわば、疎石の幽幻の世界が、雨の中に存在しているのだった。合歓の花は夕方に開き、夜には葉がぴったりと合わされ、就眠するので、ねむの名がある。源義にとって雨の中の合歓のあかりは、一幅の絵に等しい夢幻能であった。

三太郎日記膝に重しや露の家（S34）

昭和三十四年十月二十日に逝去した畏敬の師、阿部次郎を悼んだ中の一句。
阿部次郎は哲学者・美学者・作家で、代表作は大正三年に岩波書店から刊行された

『三太郎の日記』。同書は大正・昭和期の青春のバイブルとして、学生必読の書であった。戦後は源義と親しみ、そのため『三太郎の日記』は角川書店からの刊行となった。赤字続きの角川書店は、『三太郎の日記』の出版で倒産を免《まぬが》れた。

随筆集『雉子の聲』には、次の一文がある。

私はどういふ「さだめ」か、先生の晩年期に御知遇を得ました。全集の日記や書簡を読むたびに、先生の御愛情に却つて鞭うたれ、身のしまる思ひを致してをります。先生の御知遇なくば、私はもちろん、角川書店も今日あり得なかつたと思ひます。

詩人哲学者阿部次郎の最も志を得ない季節に、私は先生へ傾倒してゐたのですが、日記を読んで、一貫した思想に生きる「一日本人」の孤絶な生涯にめぐりあはせてゐたわけです。

掲句の「三太郎日記膝に重しや」の措辞が、単なる譬喩ではなく、源義の心の叫びであることが読み手に伝わってくる。

デモの列に吾子《あこ》はあらずや旱り梅雨　（S35）

源義四十三歳の作である。

右の句には、次の詞書《吾子も全学連なるか》がある。一九六〇年の日米安全保障条約改定反対のデモである。私の句集『健次はまだか』には、次の一句が収録されている。

つちふるや一九六〇年の遠きデモ　角川春樹

この年、私は國學院大学に入学し、ボクシング部を創設。授業には出席せず、昼はボクシングと安保反対デモに参加し、夜はボクシング・ジムに通っていた。私と辺見じゅんは全学連には加入していなかった。俳句歳時記の例句を一句だけあげると、

空梅雨の毛虫の庭となりにけり　青木月斗

があるが、問題にならない。源義の「旱り梅雨」の句は、全ての例句を凌ぐ作品。「父と子」の永遠の物語がここにある。この句も『角川源義集』に収録されず、私が発見した秀句である。

「河」いかになりゆくらむや栗を掌《て》に　（S35）

町田市鶴川にあった角川書店分室工場（後の多摩文庫）の栗林に吟行をした時の即興句である。俳句結社誌「河」を創刊して二年目、立派に稔った大きな栗を掌《て》にしての、これからの河誌へのひたすらな感慨である。

平成三十年「河」二月号に、主要同人の滝平いわみが掲句の見事な鑑賞をしているので、一部引用する。

一見、句意は平明で、誰でも理解できるものであるが、必ずしも洋々の未来を予測しているとは思い難い。（中略）縄文の世より、連綿と生《な》り続けている栗を手にした時、国文学者である師の胸に去来するのは、悠久の自然と、卑近な人の世の営みの対比かもしれない。

冬波に乗り夜が来る夜が来る（S36）

源義四十四歳の作である。

「姨捨《うばすて》の海」十七句の中の一句。源義の代表作の一つであるが、発表当時は「演歌に過ぎない」と俳人に謂《いわ》れのない批判をされた。

右の句は海のかなたにある補陀落《ふだらく》浄土を求めて、生ける僧を海に流すという熊野の残酷な遺風である。

山本健吉氏は『現代俳句』の中で、

これは熊野の海の補陀落《ふだらく》渡海を詠んだ連作。（中略）源義は熊野にかなり後まで残ったこの遺風を日本各地に尋ねて歩いた。その熱心は子息春樹に継がれて、彼はついに西蔵の補陀洛《ポタラ》宮まで訪ねて来たのである。「水売や雲の高さに補陀洛宮」（春樹）。

源義の連作中から抜抄すれば、「穭踏めば姨捨の海喪の色す」「稲雀生身の葬囃しすぐ」「船窓に窺《み》るや母郷の虹の門」「秋濤の紺へ葬りの船すがる」「枯色の月生れ出づ濤の襞」など。想裡の景だから、作者はわりあい季にこだわらないで、自在に詠んでいる。中ではやはり、「冬波」の一句が格段に調子が高い。

「夜が来る夜が来る」の繰り返しは、例えば「木の葉ふりやまずいそぐないそぐなよ」（楸邨）、「西国の畦曼珠沙華曼珠沙華」（澄雄）のような例もないわけではない。こういう場合、自分に言いきかせようとする独語が昂まって、胸の鼓動を響かせるような表現にまで達することがしばしばである。「冬波」の句の場合は作者自身の経験を踏まえたわけでなく、虚構の中にわが情念を没入させたわけで、その深さがこの詞句に生きていると言う外はない。言わば惨酷小説の作者に身を擬しているのだ。

補陀落浄土を求めて、密閉された小舟に托して南海に乗り出した渡海者にも、日の輝くうちは那智の山も滝も中天に見えたのに、やがて暗黒の夜となって、濤音がきこえるばかり。その恐怖のどん底でのおらび声が、「夜が来る」の繰り返しとなって聞こえてくる。ムンクの『叫び』の画面のような、思わず耳を覆いたくなるような、内面からの声として、谺してくるのだ。

と評している。私の第四句集『補陀落の径』の掉尾に、次の一句が収録されている。

補陀落といふまぼろしに酔芙蓉　　角川春樹

邯《かん》鄲《たん》の葉裏にほそき月の声（S36）

右の句は、角川源義全句集の中から山本健吉氏が発見した一句である。山本健吉氏は『現代俳句』の中で、

「秋虫譜」五句のうち。外に、「螻蛄《けら》鳴くや寄り添ひ来るは天の川」「馬追の身めぐり責めてすさまじや」などあるが、邯鄲の句が白眉である。邯鄲は鳴く虫の仲間では、最も幽玄な声であり、寒い地方に多く棲息し、江戸期・明治期には詠まれた例がなく、歳時記に

もその名は挙げられていない。風生に「こときれてなほ邯鄲のうすみどり」の秀吟があるが、源義のこの句はそれと双璧をなすと思う。その声はフヒョロフヒョロと聞こえ、うすみどりの身を葉裏にひそめて微かな声を立てているが、その音を「月の声」と聴き取った。この結句で、この句の「細み」が極まった。

と評した。私もそう思う。この句の眼目は、結句の「月の声」にある。

冬の影二人の吾《われ》の問答す（S37）

源義四十五歳の作。

山本健吉著の『句歌歳時記』に、右の句を採りあげている。

『秋燕』「アカハタの歌」より。ストに突入した従業員組合と対決の姿勢となった社長としての苦悩を詠んでいる。相反する二つの声が、彼の胸中で問答しているのだ。

同時作に、

壁の夕日に痩《やせ》外《がい》套《とう》や腕たらす

があり、掲句と同レヴェルの作品。

源義は角川書店の従業員を家族とみなす、家族経営を行ってきたが、日本共産党を支持する労働組合が結成され、ストに突入すると成す術《すべ》がなく、心の弱さを露呈した。

二十五年前に千葉拘置所の中で正月を迎えた私は、源義の遺影を前にして、次の句を詠んだ。

御《ぎょ》慶《けい》受くふたりのわれの一人より　　角川春樹

人去りて賀状それぞれ言葉発《な》す　（S37）

角川源義全句集の中から右の句を発見したのは、作家の片岡義男氏である。片岡義男氏をパーソナリティとした深夜のＦＭ放送「気まぐれ飛行船」で、この句を採りあげて激賞した。

昭和三十一年の作に、

古《ふる》年《とし》の応接室を闇におく　『ロダンの首』

があるが、景としては一連の作品。正月一日、二日は自宅の二階を開放して、次から次に訪れる年賀客の接待に追われる。配達された年賀状へ目を通すことのできないありさま。正月二日の夜も遅くなって知人や河衆からの賀状に、ひとりひとりの消息を確かめているのである。掲句の眼目は、結句の「言葉発《な》す」にある。私は源義のこの句を踏まえて、句集『源義《げんぎ》の日』に次の一句を収録した。

青梅雨や活字ひとつひとつが聲を発《な》す　角川春樹

日あるうち光り蓄《た》めおけ冬苺（S37）

右の句には、次の詞書《西東三鬼氏危篤の報に葉山へ訪ぬ。憔悴甚し《しょうそうはなはだし》》がある。昭和三十七年四月一日、俳人・西東三鬼永眠。四月八日、西東三鬼の俳壇葬を角川書店屋上で行う。

源義の随筆集『雉子の聲』に「三鬼の鉦」と題する一文があるので、一部引用する。

三月十五日、再び危篤が伝へられ、秋元（不死男）さんと駈けつけると、すでに波郷さんも見えてゐて、玄関先きの部屋に十人近く詰めてゐた。一《ひと》部屋をへだてて三鬼さんの苦しむさまに、私たちは咳も口に飲みこむ思ひで黙してゐる外《ほか》はなかつた。天狼《てんろう》同人国手村上冬燕《とうえん》氏はこの日の朝、夜が危いと云つて名古屋へ帰つたといふ。しかしその夜も、次の日も三鬼さんの訃報に接しなかつた。三鬼さんは死神と闘ひつづけてゐた。四月一日といふ日を自らの死の日に選ぶために……。

私は小田原の句会場で秋元さんから「三鬼死す」の電報を受け、その足で葉山へ駆けつけた。この日の朝、三鬼は奥さんに「もうあかんわ」と洩したさう。恐らくこれが最後の言葉ではなからうか。枕頭《ちんとう》に集つた人々は異口同音《いくどうおん》に、四月一日とは三鬼らしいといふ。この人はてれ屋だつたから、私どもの前から姿を消すのにも、万愚節の日を選んだに違ひない。およそ人生に、かういふグッドバイの仕方を選ぶのも、この人らしい所業《しょぎょう》といへる。

右の源義の一文から、掲句は三月十五日の作。もてなされた苺に託して、一日でも長く生きてほしい願望が、中七の「光り蓄《た》めおけ」の命令形の「呼びかけ」となった。

すかんぽや死ぬまでまとふからび声 （S37）

平成十七年十月二十七日発行の『角川源義読本』に、「思い出すままに」と題する一文を岡本眸氏が寄せているので、一部引用する。

この「からび声」というところに、私には忘れられぬ嬉しい思い出がある。昭和四十六年十二月、俳人協会賞の選考委員会で、全く思いがけなく、私の第一句集『朝』が選ばれ、岸風三楼《ふうさんろう》先生が選考を終えた会場から電話を下さった。（中略）そして角川先生が電話で「おめでとう」とお祝いをして下さった。それまで角川先生とは正式にお目にかかったことはなかった。（中略）その時、はじめて聞く角川先生の声がかすれているのを感じ、お風邪かな、と思っていた。それが、通常の音声と判ったのは、俳人協会のお手伝いで、時々、お目にかかるようになってからである。

源義の声は、太くかすれた嗄《しわが》れ声であった。掲句は、この年の五月に河衆と三浦半島での吟行句。「すかんぽ」は、茎も葉も酸味があり「すかんぽ」の名で子供のころから親しまれている。源義にとっては、野辺に遊んで嚙んだ郷愁が蘇《よみがえ》ってきたのであろう。私の次の初期作品が『現代俳句歳時記』に収録されている。

すかんぽを嚙めばおぼろに父のこと　　角川春樹

また、私の句集『健次はまだか』には、次の句が収録されている。

どぜう鍋いまも源義のからび声　角川春樹

篁《たかむら》に一水まぎる秋燕（S37）

昭和三十七年十月三日、源義の師である飯田蛇笏永眠。六日、葬儀に参列しての悼句。源義の代表句の一つである。

蛇笏の子息・飯田龍太氏は『俳句の魅力』に、次の一文を寄せている。

昭和三十七年十月六日、飯田蛇笏葬送に参じての作。（中略）惻々《そくそく》とした悲愁を見事にたたみこんだ句だ。

篁は竹林と同義。細々とした山水がまぎれ消えつつ、天上を飛翔する秋燕の影もまた、の内意。まぎるものは山廬《さんろ》主人のうつつのいのちであり、あるいは俳諧の行方でもあったろうか。

源義は『秋燕』のあとがきで述べている。

「私が飯田蛇笏翁の高風を慕つたのは、近代俳句の立句の最後の人と思つたからである。」と記している。書名も、この一句からとった。蛇笏に関する論稿もすくなくない。歿後、その命日が「秋燕忌」と名づけられたという。同じ十月に世を去ったことも、奇《く》しきえにしと言えよう。

源義のよき理解者であった山本健吉氏の『現代俳句』には、この句についての、次の鑑賞文が収録されている。

昭和三十七年作。「蛇笏先生」中の一句。蛇笏は源義が最も敬慕する師であり、俳句・短歌の最高の年度賞として、蛇笏賞・迢空賞の二つを創設したことでも知れる。この年十月三日、蛇笏山廬《さんろ》に没し、駆けつけて山廬に師を送った。その高風を慕う情が、この一句に凝縮《ぎょうしゅく》したが、これが句集名『秋燕』の基づくところとなり、やがて源義忌を秋燕忌と名づくる所以でもあった。

境川村での葬儀に列した後、山廬後山の篁の中を流れる狐川の細流の畔りを歩いた。かつて山廬を訪れた時、蛇笏や龍太とともに歩いた想い出のところでもあった。その楚々《そそ》とした流れを「一水」と言ったのは、かつて「連山影を正しうす」と言った蛇笏の俳句の格調を、己れの句にも憑り移らしめた観がある。「一水」でこの句は生き、作者の蛇笏への真情が生きた。「秋燕」はその余情であり、残心として置かれ、一句に清らかな秋気をみなぎらせている。

結句の「秋燕」は「たましひ」を運ぶ鳥としての存在であり、源義の眼前の実景ではないかもしれない。一句の眼目は「一水まぎる」の措辞にある。生前の飯田龍太氏に案内されて、この句の現場に私と佐川広治が立った。一句から想像していた狐川も竹林も感動するような景ではなかった。いつの日か、狐川も篁もなくなるかもしれないが、源義の句によって、俳句の歴史の中に、遠い記憶として残っていく「まぼろしの景」なのであろう。

雉子の声冥府《めいふ》に隠れなき身なり（S38）

源義四十六歳の作。

「角川源義年譜」によれば、「七月二十日から二十五日、仏ソルボンヌ大学アグノエル教授らと下北半島恐山に地蔵盆の巫女市を見る」、とある。「恐山巫女市」と題する連作の一句。

同時作に、

鳥影や灼け積塔《しやくとう》に御供饐《ごくす》うる
巫女の掌に蚕神《おしら》遊ぶや旱り溶岩《らば》

がある。随筆集『雉子の聲』の書名は、巻頭の芭蕉の次の作品に由来する。

父母のしきりに恋し雉子の声　芭蕉

掲句は吉田鴻司編の『角川源義集』三百句にも収録されていない。「雉子の声」に対する「冥府に隠れなき身なり」は、父・源三郎、母・八重を偲んだ措辞だが、源義の「影」が余情として残る。

私の自伝『わが闘争』に、次の一文がある。

四十三歳のとき（一九八五年）、徹夜の撮影現場からホテルに戻ったときである。洗面所で髭《ひげ》を剃《そ》ろうとして鏡をのぞき込んだときに、そこにまぎれもない父の貌《かお》があった。五十八歳で永眠した父を少しだけ若くした貌であったが、まるで双子の兄弟のように瓜二つであった。

雉子鳴くや鏡のなかの父の貌　　角川春樹

第三句集神々の宴

遅れきて夜の火鉢抱く濤の音　（S40）

源義四十八歳の作。

右の句には、次の詞書《弟橘《おとたちばな》姫入水《じゅすい》の走水《はしりみず》にて鍛錬句会》がある。「走水」と題する連作（十句）の中の一句である。同時作に、

犬ふぐり朝の餉に下駄鳴らしゆく

があり、井桁白陶による次の一文がある。

若い人達との談論風発の一夜は明け、朝食は別棟とあれば源義も連衆と歩を合せ、犬ふぐりの瑠璃《るり》を賞《め》でながらの景である。

また、掲句については、

二月二十日、横須賀「河」連衆との走水鍛錬句会に遅参する。源義は豪放磊落《らいらく》に見えるが、その実含羞《がんしゅう》の人であった。遅参のバツの悪さに火鉢を抱き、無口に煙草をくゆらしている。

と記している。事実としては、井桁白陶の記憶のとおりであろう。だが、掲句についての私の印象は、宿に遅れて着いた源義が、火鉢を抱きながら夜の濤音を聞いている孤独な姿である。俳句は読み手の想像力によって成立する文芸である。作品の「影」を余情という。「余情」こそ俳句の「いのち」だと言った久保田万太郎の、次の句に通底する孤独感である。

煮大根煮かへす孤独地獄なれ　久保田万太郎

雹《ひょう》はねてけろりんかんと春日かな（Ｓ40）

「三鬼忌前後」と題する連作の一句である。
掲句には、次の詞書《箱根仙石原》がある。
同時作に、

榛《はん》の花どどと嶺《ね》渡る夜の雷

があり、同句について、飯田龍太氏は自著『俳句の魅力』の中で、
この季の仙石原なら、まだ春色きざしそめたころ。春に魁《さきが》けた榛の花房に、夜の雷鳴は

鮮やかな対比だ。「どどと」という擬声音も当を得ている。

と記している。西東三鬼は新興俳句作家の一人。弾圧、執筆禁止の憂き目をみながらも、戦後句作を再開した三鬼は、源義に乞われて総合誌「俳句」の編集長を務める。「三鬼忌」は四月一日の万愚節である。源義の『雉子の聲』の次の一文を再録すると、

枕頭《ちんとう》に集つた人々は異口同音《いくどうおん》に、四月一日とは三鬼らしいといふ。この人はてれ屋だつたから、私どもの前から姿を消すのにも、万愚節の日を選んだに違ひない。

と記している。源義は、三鬼の無頼性を愛していた。それが掲句の「けろりんかんと春日かな」である。この句もまた、西東三鬼の美事な「俳句による肖像画」になっている。

菊なます眉を逃げゆく山の音（S40）

掲句は、「古都」と題する連作（八句）の中の一句である。同時作に、

青墓の去来小さしうそ寒し
虹消えて時雨の顔の井にのこる

がある。「角川源義年譜」によれば、「十月十七日、京都で第七回「河」全国大会を開催、のちに洛北・洛西・比叡山等を吟行。」した折の作である。この頃、源義は山形の食用菊「もってのほか」の名を愛し「出羽の国もつてのほかの菊膾《きくなます》」と詠んでいる。

源義の「菊なます」の代表句となっているのは、昭和四十九年の作の次の一句である。

菊なます肺の一薬抜かれけり

だが私は、「眉を逃げゆく山の音」の繊細で「菊なます」の爽やかな香気との取り合わせの絶妙な、掲句に軍配をあげる。

ここすぎて蝦夷《えぞ》の青嶺ぞ海光る　（S41）

源義四十九歳の作。「常陸《ひたち》山河」と題する連作（十句）の中の一句である。

同時作に、

秋風の墓しんかんと海の音
勿来《なこそ》すぎ身ほとり秋の濤の声

がある。八月二十日、日立市で第八回「河」全国大会開催。大会ののちに「河」の連衆とともに常陸路を吟行した折の作品が掲句である。上五の「ここすぎて」は勿来《なこそ》の関《せき》のことで、勿来も白河の関も北夷、つまり蝦夷に対する備えの関である。後日、茨城支部の「河」の連衆によりこの地に、この句を刻み建てる。源義の第一句碑である。

この句の眼目は、中七の「蝦夷の青嶺ぞ」にある。「ぞ」は、一つの事柄に特に指定し強調する係助詞。古代奥羽三関の一つ勿来の関を越えた感慨が係助詞の「ぞ」に込められている。源義は『神々の宴』の「あとがき」に、

私にとつて古代史は古代詩であり、採訪の旅のうちで、自在な俳諧を試みて来た。

と述べている。

この句のように古代への情熱を連作形式で詠い上げた『神々の宴』が、多くの俳人の支持を受けたかと言えば、残念ながら評価されなかった。現代に古代詩を蘇生させたいという源義の思いは、私の句集『流され王』と『補陀落の径』に引き継がれてゆく。

俳諧の御師《おし》のひとりの寒さかな（S41）

「御師《おし》」とは、神職または社僧で、年末に暦や御祓《おはらい》の札を配り、また参詣者の案内や宿泊を業とする者。伊勢神宮をはじめ戸隠神社等の大社に所属している。

この句は少数の弟子を伴っての吟行で詠まれた。場所は練馬区高野台三丁目の長命寺。源義が求めたのは、本堂左脇に建つ芭蕉の、

父母のしきりに恋し雉子の声　　芭蕉

の句碑にあった。昭和四十七年一月十五日に刊行された『雉子の聲』は、芭蕉の右の句に思いを入れた書名であり、第二十回日本エッセイスト・クラブ賞を受賞した随筆集である。「俳諧の御師《おし》のひとりの」の措辞は、もちろん芭蕉であるが、自分もまた「御師のひとり」だ、という自負が込められている。

この句の眼目は、座五の「寒さかな」にある。この「寒さ」は、自分の心理状態を重ね、季語の象徴効果がうまく使われているからである。

葛城山《かつらぎ》の肩に雪照る皇子《みこ》の陵《はか》（S42）

源義五十歳の作。

この句には、次の詞書《河内日本武尊《やまとたけるのみこと》白鳥陵》がある。『神々の宴』の「あとがき」で源義は、

天理市和爾《わに》の地を本貫《ほんがん》とする和邇《わに》氏の一族は淀川、木津川と大和川水系の管理者であり、難波、河内《かわち》や宇治の地方へと進出し、琵琶湖畔を掌握《しょうあく》し、東国、山陰の地方で栄えた。この一門につらなる日本武尊や神功皇后の伝承は英雄時代の叙事詩である。『古事記』や『日本書紀』の成立期には、和邇氏は衰退期にあつたが、この一族の歌聖柿本人麿が宮廷詩人であつたやうに、『古事記』の管理者に和邇氏があり、多くの宮廷芸能すら管理してゐたのである。

と述べている。読売文学賞を受賞した私の句集『流され王』は、和邇氏の、特に日本武尊《やまとたけるのみこと》の跡を追う旅であった。河内日本武尊白鳥陵では、私は次の句を詠んでいる。

鴨翔《た》つて素顔に戻る皇子《みこ》の陵《はか》
羽《は》曳《びき》野《の》の睡《ねむ》りの深き鴨の陣

四月の雪女神に詣で余生感（S42）

「狼神《ろうしん》の山」と題する連作（五句）の中の一句である。この句には、次の詞書《雪後の御岳にのぼる》がある。四月十八日に源義は武州御岳に登っている。この年は天候異状で、雪を被《き》た山桜が見られた。

座五の「余生感」に私は驚いた。齢も五十歳を迎え、身辺がいちばん充実している時である。四月には珍しい雪が降った後に、女神の社に詣でた時、不意に、言葉にすれば早すぎる「余生感」という安らぎに包まれたのだ。私の体験からすると「余生感」

ではないが、神前にいて神からの愛に包まれ安らぎを感得することが稀にある。この句について、源義は昭和四十六年一月の放送（ＮＨＫ人生読本）の最後に、

　俳句の中に没入して俳句と共にはててゆくかもしれませんが、後悔のない人生でありたいと思っているわけです。

と本意を語っている。

栗の花いまだ浄土の方知らず（Ｓ42）

「白河の関すぎて」と題する連作（十九句）の中の一句である。
同時作に、

蝦夷の地へ芭蕉を発《た》たす植田照り

花桐や手提を鳴らし少女過ぐ
逃水や道の片側田水鳴る

があり、特に「逃水」の句に惹かれる。

「栗の花」の一句には、長い詞書《可伸庵址を訪ぬ。「此の宿の傍に大きなる栗の木蔭をたのみて世をいとふ僧有り。（中略）栗といふ文字は西の木と書いて西方浄土に便ありと……」おくのほそ道》がある。この僧が可伸《かしん》と言い、俳号を栗斎といった須賀川の住人。

句意は、源義の詞書によって説明を要しないが、この句の八年後に源義は浄土に旅だった。

鏡餅わけても西の遥かかな　　飯田龍太

白桃を剝くねむごろに今日終る（S42）

源義は『日本文学の歴史』第三巻に「歌枕をめぐる人々」を執筆のため、八月中をこれに当てている。源義の日課は、夕食後書斎に入り原稿を書いていた。

同時作に、

稿終へず暁むらさきの鰯雲

があり、「白桃」の句の「今日終る」は明け方の景かもしれない。

源義の第三句集『神々の宴』を上梓しようという動機は、第二句集『秋燕』のあとがきで述べている。

私は伝統的な詩型を愛し、古代の学問に生きたいと念ずる。先師釈迢空の古代感愛の詩心を、私のからだのなかの「中世」に活《い》かしてみたいと思ってみる。（中略）私は許されるあひだ、先師の欣求してやまなかつた、「古代復活」を私の次の詩業としたいのである。

右のテーマから成り立つ『神々の宴』は、必然的に「古代復活」を詠う詩業となった。その中にあって、ねんごろに白桃を剝く源義の姿に、長子として安らぎを覚えるのである。

夏服や捨てかねしものなぞ多き (S42)

昭和四十九年「俳句」十月号に「俳句とは何か——境涯俳句の場合——」と題して、次のように述べている。

「軽み」とは俳諧自在な精神だと思います。芭蕉晩年の句こそ境涯俳句とよばれるものです。

源義の胸中に去来するもろもろのもの。掲句は、捨つべき多くのものを身に負って生きている自分を「おかしみ」として詠った心情吐露《とろ》の一句である。源義が「捨てかねしものなぞ多き」から、俳諧自在な精神「軽み」に転換するのは、この句のわずか三年後であった。この句の当時、人から色紙を請《こ》われるとよく掲句を揮毫《きごう》していた。吉野山の中千本にある私の別荘「井光山荘」には、この句の掛け軸が飾ってある。平成三十年「河」二月号に笹川昌子が次の鑑賞文を寄せている。

「夏服や」といいさぎよい切れ字から生まれてくる空間、それを越え〈捨てかねしものなぞ多き〉と一気に転換し、人生のありようが見え隠れしている虚飾のない作品であると思います。今生きている生身の人間の魂の叫びの証であると共に、共感しあえる世界がここにあることを、確かに感じるのです。人はいつも誰かと関わりを持ちながら、愛や苦悩の中で生きているような気がします。時に迷うことがあったとしても、掲句が永遠性を持つ魂へひとつの救い、道標となるのではないでしょうか。

源義は、おのが人生を俳句と学問だけに向けるシンプルな生き方に、強い憧れを抱いていた。その憧憬が掲句を生んだように、私には思われる。次の代表句と同様であろう。

何求《と》めて冬帽行くや切通し　角川源義

大《だい》寒《かん》や子持ち鰈《かれい》のさくら色（S43）

源義五十一歳の作である。

掲句には、次の詞書《小坪より磯伝ひに逗子に出づ》がある。「角川源義年譜」によれば、「一月二十一日、小坪より逗子・鎧摺に遊ぶ。」とあるので、その途次にある小坪漁港の作であろう。

私は意図的に『角川源義の百句』の中に、「食」に関する句を入れている。「食は人を倖せにする」ことが、源義が言う「出来るだけ明るい爽やかな季語を用い、俳諧的転換を企てる必要があろう」に通じると思うからである。

黒褐色の肌にわずかのさくら色を見せて漁港にあがる子持ち鰈。大寒の海の輝きがありありと見える。昭和三十年の、次の句と同様である。

浜《はま》豌《えん》豆《どう》雨はらはらと灘光る　角川源義

神の井やあかねにけぶる冬木の芽（S43）

掲句には、次の詞書《常陸《ひたち》風土記巨人伝説の常澄村大串貝塚》がある。この地の産土神にある古井戸。折から茜にけぶる冬木の芽に、源義は古代へ遡る懐旧の念を抱いたのであろう。現在、この句は筑波山神社境内に句碑として建立されている。

昭和五十六年、筑波山神社にて源義の七年祭が行われ、この句碑を間近に眺めて感動した。芸術選奨文部大臣新人賞と俳人協会新人賞を受賞した私の第二句集『信長の首』には、次の二句が収録されている。

神の井や冬日のこがす雑木山
言霊《ことだま》の神に加はる露の眉

「露の眉」の一句は源義のことである。私はこの時、この句のもつ「明るくて大きな」詠み方に感動したのである。

筑波嶺《つくばね》の歌垣《かがい》遥かや猫の恋　（S43）

「行方《なめかた》の海」と題する連作の中の一句。
同時作に、次の二句がある。

行方《なめかた》の海ことことといさざ舟
白魚火や道にたむろす湖の声

掲句には、次の詞書《霞ヶ浦東岸玉造にて日暮れぬ》がある。

「歌垣」は嬥歌《かがい》と同義語。上代の東国では「かがひ」と称した。春秋の二季に特定の山上や水辺に、近隣の男女が集い、飲食や歌舞を交歓した歌垣《うたがき》。筑波嶺もその歌垣の場である。霞ヶ浦に宿をとった源義は、外の恋猫の声を男女の交歓の場であった歌垣に思いを馳《は》せ、それを興じた「もどき芸」の一句である。源義は『秋燕』の「あとがき」に、

短歌が殿上人のもてあそびであつたのに反し、俳句が庶民文芸として出発し得たのは、その「もどき芸」にあつた。「もどき芸」はもちろん貞門、談林のよくするところであり、俳句を詩にまで高めた芭蕉やそれ以後の世界でも、結着するところ、この「もどき芸」にあるやうに思ふ。そのためにも二句一章の必要性が強調されていいはずだつた。

と述べている。まさに古代の歌垣に対して「猫の恋」は、「もどき芸」の実例である。

耕して天にのぼるか対州《つしま》馬　（S43）

源義は昭和四十三年三月二十日から六日間、対馬へ旅している。その折の大作（三十三句）の中の一句である。初めて見る対馬、そして対州馬《つしまうま》。ことに対州馬が蹄鉄もつけず背も低く、やさしい割に力が強いと聞かされ、さぞかし驚嘆したことであろう。古代の人々の幻を見るようだったのかもしれない。海上に浮かぶ対馬の山容が手に取るようである。

同時作に、

榛《はん》の花対馬は海と山ばかり

一つ煉炭渡船の膝をかこむなり

がある。「あとがき」で源義は次のように述べている。

この句集『神々の宴』をひもどかれた人々は、耳馴れぬ古代豪族和邇《わに》氏の名に不審な思ひを抱かれるだらう。私は学生時代から、このまぼろしの豪族を追跡して来てゐた。和邇氏は大和に発生した神聖王朝の庇護者であつた。

源義は、対馬の鰐浦が和邇氏の朝鮮半島への交易ルートではないかと推定していた。古代中国の史書『魏志《ぎし》』倭人伝《わじんでん》には、帯方群《たいほうぐん》（現在のソウル付近）から邪馬台国に至る道順が、ごく簡単ではあるが記されている。そして、この倭人伝だけが、直接邪馬台国の謎をとくカギになっている。掲句には次の長い詞書《始めて一海をわたる千余里、対馬国に至る。其の大官を卑狗（ひこ）といひ、副を卑奴母離（ひなもり）といふ。居る所絶島、方四百余里ばかり。土地は山険しく、深林多く、道路は禽鹿《かろく》の径（こみち）のごとし。千余戸あり。良田無く、海物を食して自活し、船に乗りて南北に市糴（してき）す――『魏志』倭人伝――》がある。

私は昭和五十年六月十九日、韓国の仁川《インチョン》港から八月五日まで古代推定船「野性号」による「邪馬台国への道」の踏査に船出した。目的地は博多港である。私の初めての著書『わが心のヤマタイ国』の、「父へ」と題する次の前書がある。

十月二十七日　快晴――父が死んだ。それは予告された殺人だった。病名肝臓ガン。父と仕事以外の話題といえば、古代史だけだった。邪馬台国の謎を探る古代船「野性号」が朝鮮海峡を越える姿を、ひとめ対馬で見るのだと、父は側近に語っていた。七月二十三日、野性号が初めて一海を渡った朝、父の姿はどこにも見えなかった。もはや、彼を岸壁に立たすほどの体力を、病巣は残してくれなかったのだ。

第四句集冬の虹

雁わたし軒深く積む汐木《しおぎ》かな（S44）

源義五十二歳の作。

「龍飛崎《たっぴざき》」と題する連作（二十句）の中の一句である。

津軽外ヶ浜で、雁が北へ帰る時分に浜辺に落ちている木片を拾い集めて風呂をたてるならわしがあった。これは秋、渡来する雁が海を渡る途中、この木片を水面に浮かべて休んだと考えられていた。残った木片が多いのは死んだ雁のものであろうと、供養のために風呂を沸かすので「雁風呂《がんぶろ》」「雁供養《かりくよう》」という。後年、私がコロンブスのアメリカ発見五百年を記念して、コロンブスの乗船していたサンタマリア号を復元してバルセロナから神戸港まで航海をしている折に、雁が流木や船に掴まって休息する様を何度も見た。

海流に洗われて渚に寄る汐木。厳冬の龍飛岬では、この汐木も暖をとる暮らしの必需品であろうが、「雁供養」が本意であろう。「雁わたし」は、雁が渡ってくる九月、十月ごろに吹く北風。龍飛岬には、源義経が蝦夷地に渡った伝説がある。源義は高田実との共著で『源義経』を昭和四十一年九月十五日に上梓していた。本州最北端の龍飛岬に立つ源義は、歴史的な感慨とともに淡い旅愁を抱いたのであろう。

神留守の濤たかぶらす波ころし（S44）

「越中万葉の地」と題する連作（十一句）の中の一句。

掲句には、次の詞書《有磯海、テトラポットを波ころしといふ》がある。有磯海は、源義の生地である富山に近い。テトラポットを「波ころし」という言葉に興じたリフレインの作品。源義のリフレインの句は、他に次の代表句以外にはない。

冬波に乗り夜が来る夜が来る

「神の留守」とは、陰暦十月には日本じゅうの神々が出雲大社へ集まり談合するといわれ、その間は他の神社に神がいなくなると信じられていた。私は源義のこの句を詞書に、次の二句を作った。

不意に来る残り時間や神の留守
見えざりしもの追ひかけて神の留守

婚と葬家にかさなる聖五月（S45）

源義五十三歳の作。

掲句には、次の詞書《五月二十一日、次女眞理逝く。享年十八歳》がある。句集『冬の虹』の「あとがき」で、

眞理の死によつて、私は終着駅を失ひ、乗換駅でまごまごし、別の目的地さがしを始めてゐる。眞理を野辺に送つた日から気力を失ひ、何事にも手のつかぬ日々をすごした。年齢には似合はぬ晩年の意識が生じた。（中略）私はこれまで境涯俳句とよばれるやうな俳句を作らなかつたが、日々の生活を詠ふやうになつた。しかし、私は芭蕉晩年の計が何であつたかが思へてならず、陰を陽に転ずる俳諧の企てをつづけてみたい。そのあとはどうなるのか、実は私にも判らない。軽みの句風で芭蕉は終焉を迎へてゐる。俳人芭蕉にとつて、これは幸ひしてゐた。


と述べている。

山本健吉氏は『定本現代俳句』で、源義の句風の変化を次のように評している。

『冬の虹』「聖五月」以後、作者の長い挽歌の季節が始まり、その古典、民俗学探究の意

図を加えて晦渋《かいじゅう》難解となった作風を脱して、直截的叙情を眼ざし、「かるみ」に眼覚めた晩年の句業が始まる。

この年の五月、次男歴彦が結婚。その喜びの束の間、五月二十一日、「悲劇は突然前触れもなくおとづれる」（「あとがき」より）。

平成三十年「河」二月号の「角川源義生誕百年特集」で、「河」の主要同人の福原悠貴は次の一文を寄せている。

私はこの句から思い出した場面があります。父の喪中、同じ月に初出版を終えていた私に祝福の花が届きました。当時、家の中に悲しみと祝福の花や手紙が交じり合い、言葉にならない不思議な風景でした。源義先生の衝撃の深さがしのばれます。「婚と葬が聖五月に重なるとは何事だろう。美しい死顔だった。葬を終えた後も、末娘は生きているという幻想に私はつきまとわれた。」と井上靖氏の『星と祭』に寄せて、切実な心情が吐露されています。

私は源義の「聖五月」の句を詞書に、句集『源義の日』に、次の一句を収録した。

聖五月そして私は此処にゐる

薔薇大輪稚《わか》ければ神召《め》されしや（S45）

「聖五月」と題する連作（十四句）の二句目が掲句である。
私の句集『健次はまだか』に、この句を詞書とした次の一句がある。

薔薇大輪いのち余さず生きんとす

眞理は源義にすれば末娘だが、私にとっては妹である。私が製作・監督をした映画『愛情物語』は妹・眞理に対する鎮魂歌《レクイエム》であった。山本健吉氏は、私の句集『補陀落《ふだらく》の径《みち》』の跋で、次の一文を寄せた。

渡瀬恒彦の扮する「あしなが小父《おじ》さん」と、原田知世の扮する美帆《みほ》とが道中のとある清水で、水を汲《く》んで咽喉《のど》をうるおす。そのとき、小父さんは自分の両の掌《てのひら》で清水を掬《むす》んで、美帆に飲ませる。美帆もまた同様に自分の両手で掬んで小父さんに飲ませる。そのはて、二人は愉快に笑って、しばらく相手に水を掛け合って戯れる。私はこの一齣《こま》のシーンが、実に美しく、感動的で、『愛情物語』と題されたテーマは、この場面を抜いては意味をなさないとまで、春樹君にも、その周辺の人たちにも語ったのである。男女の愛とも、父子の愛とも思われるこの愛情の最高調が、この場面によって完璧《かんぺき》な表現に達したと――。

私は春樹君に、この場面は原作にあるのかどうか聞いた。彼は、ないと答えた。彼が思いついて入れたのなら、それはいっそう素晴らしい。それは小説の場面でなく、詩の情景なのだ。その上それは、万葉の東歌《あづまうた》や、沖縄の琉歌《りゅうか》につながる場面であるが、それを意識しないで彼はやったのだろうが、それだけに彼の心の中に潜在するもの、愛情の在り方への洞察を物語っている。（中略）そのような愛と再生への洞察へと春樹君を導いた大きな要因として、自ら死を早めた妹眞理への愛と鎮魂への願いがあった。その願いによって、『愛情物語』の映画化を決意したのである。

交流の深かったつかこうへいの『つか版・男の冠婚葬祭入門』には、次の一節がある。


映画を見ていて、不覚にも涙が流れた。

それは劇中、自らの命を断った渡瀬恒彦氏の妹の名が「眞理《まり》」という名のところと、首をくったと象徴させるかもいいのところにぶらさがっているヒモと、リンゴを割り、「妹にもこうしてやりたかった」の台詞《せりふ》である。


すべてが角川春樹氏の実話である。

氏のたった一人の妹である眞理さんが、自ら命を断たれた日、氏はマンションの一室で酒をあおり、一晩中ジョン・デンバーの「故郷に帰りたい」をくり返し聞いていた。一晩中、自分の無力さをさいなんでいたというのを思い出す。

映画『愛情物語』のインタビューで私は語っている。「つまり渡瀬恒彦の役柄は、私自身ですよ。まだ十八歳だった妹・眞理の遺書はただひと言、『すいません』だったんです。鉛筆書きでね」

寒昴幼き星をしたがへて　角川照子
寒昴鉛筆書きの妹《いも》の遺書　角川春樹

たけくらぶ吾子《あこ》はあらずよ今年竹　（S45）

幻戯《げんぎ》山房（旧・青柿山房）には竹林がある。源義の死後、照子は小さな句碑を建てた。

篁に一水まぎる秋燕　源義

「今年竹」とは、春に生い育った筍はしだいに皮を脱ぎ、夏には若々しい竹となる。皮を脱いだばかりの竹は粉をふいたように白っぽいが、やがて目にも鮮やかなみずみずしい青緑となる。掲句の「今年竹」は、溢れる生命の象徴季語として用いられている。

同時作に、

蜥蜴《とかげ》失せ吾《あ》に逆縁の文字のこる

があり、源義はまだ眞理が生きているという幻想につきまとわれていた。逆縁とは人が背負う最大の悲しみである。「今年竹」は「明」、「たけくらぶ吾子はあらずよ」は「暗」。源義がくり返し、くり返し述べ続けてきた「もどき芸」の、「暗」を「明」に転換させた秀句である。

朴の花高きは黄泉《よみ》の供華《くげ》なるか（S45）

幻戯山房の庭には、高さ一〇メートルに及ぶ朴の木がある。眞理の部屋は二階にあり、丁度、朴の花を見下ろす位置にある。眞理は五月二十一日の早朝に自裁したが、彼女が最期に目にしたのは朴の花。「朴散華」である。朴の花よ、お前は眞理の黄泉の供華として咲いているのか、という源義の呼びかけである。俳諧には、もともと呼びかけがあった。源義の念頭には、川端茅舎の次の代表句があった。次に触れる「子雀」の句がそれを証明している。

朴散華即ちしれぬ行方かな　川端茅舎

眞理の死以後、私は朴の花を見るたびに、あの日の妹の死化粧を思い浮かべてしまう。

私の句集『健次はまだか』には次の三句がある。

天《あま》の扉《と》は死者にひらきて朴の花
人の死の美しかりし朴月夜
それ以後の天にこゑあり朴の花

ふたなぬか過ぎ子雀の砂あそび（S45）

「聖五月」と題する連作の中で最も感銘の深い作品である。飯田龍太氏は自著『俳句の魅力』の中で、次の一文を記している。

昭和四十五年五月二十一日、次女眞理、自らいのち絶つ。享年十八歳。（中略）自裁の理由をあれこれ詮索してみても、よしなきことであろう。源義にとって、学問の道も、俳句の行く手も、いや、それからの晩年の所業のすべてが、この逆縁の鎮魂と贖罪《しょくざい》にそそがれたといっていい。（中略）

上掲「ふたなぬか」の句だが、この作について原裕氏は、「ある種の諦念が働いていて、眼前に砂あそびする子雀にことさら慈愛の眼がそそがれている、というよりも、逆縁に子を送った、やり場のない呆けごころのとらえた常凡の景――ペーソスの深い句とみることも許されるのではないか。」（「俳句とエッセイ」昭和五十年七月号）と評す。

また山本太郎氏は、「親しい人の死は、それが痛切であればあるほど涙を拒むものかもしれぬ。（中略）死後十四日ぐらいで、悲しみの頂点という奴がやってくる。危い時間だ。／そんな縞模様の波長を渡る為に、人はよく放心という天恵の智恵に乗って、浪谷《ろうこく》を越す。」（同前）

それぞれ的確な鑑賞だが、ことに原裕の、呆けごころのとらえた常凡の景、という指摘は鋭い。俳句のような詩型では、常凡に徹したとき、はじめて作者のおもいを超えた非凡の力が附与《ふよ》されるものである。わけても肉親の、生死離別の悲しみに端的に現われる業のようなものか。まして源義の場合は、放心という天恵さえもその身に訪れるいとまもなくこの世を去った。

源義は昭和八年三月、中学校の校友会誌「オリーブ」に「俳人小林一茶の一生涯」を発表。源義十六歳の時である。

以来、源義の念頭には、常に小林一茶があり、一茶を優れた抒情詩人と捉えていた。掲句の「子雀」の句も、小林一茶の次の代表句を踏まえて作られている。

我と来て遊べや親のない雀　一茶

源義は「河」の弟子に対して、「俳句は、ものを言ってはいけない文芸だ。言いたい事は季語に語らせればいい」と語った。自然の中に息づく万象の「いのち」を捉えて季節感を滲《にじ》ませた季語に心情を托し、おのれと同化させよとも諭《さと》していた。言い換えれば、季語を作者の分身として読み手に感動を与える、ということである。結果として、俳句が作者の自画像となる。

掲句は、前述した「蜥蜴《とかげ》失せ吾《あ》に逆縁の文字のこる」が背景にある。一茶の逆縁の句と同様である。「ふたなぬか」は、人の死後十四日目。その「ふたなぬか」を過ぎても、源義は吾娘《わがこ》が生きているという幻想から逃がれられていない。この句は、原裕の評とは異なり、現実として源義が眼にした景ではない。芭蕉の言う「虚にゐて実をおこなふ」の実例句と言ってもよい。「虚」は「実」よりも巨《おお》きい。写生とは眼前の景を詠うことではなく、おのれの人生を写すことだ。即ち、自画像である。源義の「子雀」の句は、源義の全体重を乗せた写生句なのだ。

神に嫁す朝ほととぎす声かぎり（S45）

「挽歌」と題する連作（十七句）の冒頭の句である。

同時作に、

今年竹あまりに遺語の短しよ

があり、前述した眞理の遺書は、鉛筆書きの「すいません」のひと言だった。自裁の原因は何であったか、五十年経った現在《いま》も謎のままである。辺見じゅんへの追悼句集『夕鶴忌』には、次の句が収録されている。

一族の血のはるかなり朴《ほお》散《さん》華《げ》
朴ひらく空の奥にも空のあり
悲しみに時効のなくて聖五月

掲句には、次の詞書《眞理逝きし日》がある。句集『冬の虹』の「あとがき」で、

眞理は遅れてこの世に生を得たので、大学を卒《お》へ嫁ぐ日までは生きながらへねばならぬと、ひそかに人生の計を立ててゐた。学問や句業や社業などの目的も、それに随伴して生じた。それまでには何とかなるだらうし、何とかせねばなるまいと思つた。

と述べている。源義の句の「ほととぎす」は、漢字に変換すると、「時鳥」ではなく「不如帰」。つまり、「帰らざる者」の象徴として用いられた季語で、現実ではない。「神に嫁す」に続く「朝ほととぎす声かぎり」は、「ほととぎす」の声ではなく、「源義」の慟哭《どうこく》の声なのである。

魂《たま》送る火をもて歩む西の方（S45）

同時作に、

汝《な》が家路たそがれゆけば門火焚く
盆三日涼しき部屋に熟睡《うまい》せよ
送火や土産団子は三つ焼く

があり、どの句も詠み手と読み手が共振れ（魂《たま》ぶれ）を起こす。「魂送り」とは「送り火」のことで、送り火を焚くことで、死者が帰るための道筋を照らすという意味が

込められている。例句を一句だけあげると、

送り火や帰りたがらぬ父母帰す　森　澄雄

源義の場合、後述する次の句があるように、眞理の魂を送りたがらなかった。

盆三日あまり短かし帰る刻

私の第二句集『信長の首』に、妹・眞理の霊が現われた時の句が収録されている。

亡き妹《いも》の現《あ》れて羽子板市なるや

上五の「魂送る」に対して、「火をもて歩む西の方」の措辞が切ない。西方浄土に帰ってゆく眞理の魂を、送り火で照らす源義の姿がありありと目に浮かんでくる。

秋風の石ひとつ積む吾子のため　（S45）

「ふだらくの歌」と題する連作（十四句）の冒頭の句である。この年の九月十三日から芭蕉のおくの細道をたどり、数多くの作品を残している。句意は説明を要しないが、『冬の虹』の「あとがき」で、

彼女が昇天した日から、仕事を終へ夜半に酒をくんでゐると、二階からことことと駈け下りて来て、私に話しかける。含羞《がんしゅう》の人はいつまでも少女で、私には対話の句業が自ら生じた。

と述べている。「眞理忌前後」と題する昭和四十六年の作に、次の一句がある。

二階より駈け来よ赤きトマト在り

二階の上って左側の部屋が、眞理の部屋で、以前、私が使っていたが、眞理の死後は生前のままの状態で残されていた。

『冬の虹』が眞理との対話であったのと同様に、『角川源義の百句』の執筆はどの句も私と源義との対話から生まれている。

十八歳の少女の本音の孤独を、私も源義・照子も知ろうとはしなかった。それが本当に悔やしい。

いかに見し日向《ひゅうが》の灘や冬の虹（S45）

『冬の虹』の表題作。この句には次の詞書《亡き吾娘、級友と遊びし日南海岸をたどる》がある。『冬の虹』の「あとがき」で、

父兄とたのしく旅してゐる級友が、彼女の羨望《せんぼう》のひとつだつたと知り、出来るかぎり同伴するやうになつた。研究・調査のための旅が多いから退屈だらうと思ふが、にこにこ笑つてついて来る。感動するやうな場所に出逢ふと、こちらもほつとして句をつくる。この家集はさうした日々の記録だが、だんだん彼女は私のもとから遠く去つて行くやうに思へる。いとはしい人界《にんかい》であらうが、やはり早くこの世に生をうけてほしい。

と切々と述べている。「冬の虹」は、冬の暖かい雨のあと、思いがけず虹のかかることがある。まれに見る虹であり、鮮明なので、ことに美しい印象を残す。

それにしても、源義は眞理への追悼句集名を何故『冬の虹』としたのか？　その疑問の誰一人として明確な答えを出してこなかった。「河」の門人も、交流の深かった山本健吉氏も答えてくれなかった。『角川源義の百句』を書きながら、源義との対話から、初めて「冬の虹」の答えを知った。「冬の虹」の一句は、日南海岸で源義の見た実景ではない。「いかに見し日向の灘や」の問いかけは事実であるが、「冬の虹」そのものは象徴季語の、美しい「まぼろし」なのだ。眞理の未来への呼びかけがこの句を生んだ。源義の「あとがき」どおりに、「だんだん彼女は私のもとから遠く去つて行くやうに思へる。」からである。

まづ煮立つふぐのしらこを箸にせよ　（S45）

「冬の虹」と題する連作の一つだが、「冬の虹」の一句よりも、感銘のある秀吟。

掲句には、次の詞書《眞理ふぐを喰べたしと云ひしに、与ふことなければ》がある。源義は、眞理を偲び、年末年始を宮崎で過ごした。この句は、命令の形を取った眞理への呼びかけである。源義の晩年には次の言葉が残されている。

「私は今さら俳句臭い俳句を作るよりも、生活の実感をつぶやくように作りなさい、とすすめています。人生の年輪から自《おのずか》ら生れ出た俳句こそ、真実だと思うのです。俳句は宗教以上の救いがあると思うのです」

「俳句には宗教以上の救いがある」は、源義の真実であった。「つくづくと俳句をやってて良かったと思うよ」と源義が「つぶやき」を洩らしたのは、眞理三回忌のころである。俳句によって悲しみを癒す源義の、これからを大事に生きねばと思う晩年の意識が、自然と「軽み」を志向し、「ふぐのしらこを箸にせよ」と日常に題を取った、平明な句が紡ぎ出されてゆく。

修二会《しゅうにえ》の奈良に夜来る水のごと（S46）

源義五十四歳の作。

「修二会」と題する同時作に、

修二会すぎ全き春の道四方《よも》に

があり、「角川源義年譜」によれば、「三月十二日、奈良東大寺の修二会を見、翌日、明日香村を歩く。」とある。

右の句について、飯田龍太氏は自著の『俳句の魅力』の中で、

修二会《しゅにえ》は、奈良東大寺二月堂で行われる国家鎮護の行法。修二とは、本来陰暦二月に修する意だが、いまは三月十三日、暁闇のお水取行事をクライマックスにして、二月十一日から三月十五日の涅槃講で終る。その行のきびしさと華やかさは周知の通りであるが、三月十五日といえば彼岸も間近い。木々の梢もほのかにうるみはじめるころ。古来からの厳

粛な行事を無事おえた古都のたたずまいには、ほっと息をつぐような安堵の風情があろう。「すぎ」という言葉に、ほんの僅かな説明臭はあるが、「全き春の道四方《よも》に」は、気息のこもった把握である。四方にひらけた道の彼方に、烟霞をこめた神々の山を想い浮べる。

と評している。角川春樹編の『現代俳句歳時記』には、源義と同様にお水取の翌日に明日香村を歩いた、次の私の一句がある。

　水取のそのあくる日の山の晴

源義の「修二会」の句の、「奈良に夜来る水のごと」の措辞が素晴らしい。修二会のころの奈良は、お松明《たいまつ》の最中にしばしば雪が降るほどの寒さである。まさに水のごとき夜が来るが、この水は「お水取」であることを言外に匂わせている。この出色の措辞は、一幅の絵画の世界を見るような表現となっている。

墓洗ふ汝《なれ》のとなりは父の座ぞ（S46）

「墓洗ふ」の句は、源義の代表句十句のうちのひとつである。飯田龍太氏は

そのどれもこれもが直情の詩心に貫かれている。氏は立句を俳句の正道というが、その基本をなすものは、人の誠《まこと》を肝に刻むことではなかったか、と思う。

と述べている。「墓洗ふ」は秋の季語としての「墓参《はかまいり》」ではない。日常に題を取った晩年意識の象徴季語である。この句の前後は、次の二句である。

雪の夜や眞理をのせくる蒼き馬
花まだき真間《まま》の入江を方寸に

「墓洗ふ」に対する「汝のとなりは父の座ぞ」の措辞は、切々と胸を打つ。「歌」の語源は、「訴へる」である。「訴へる」力を失った詩歌は何の為にあるのか。人生の切実さを詠わないで何の為に俳句を作るのか。

「汝のとなりは父の座ぞ」と詠ったとおり、この句の四年後、角川家の墓がある小平の墓誌に昭和四十五年五月二十一日次女眞理の隣に昭和五十年十月二十七日角川源

義の文字が刻まれた。私の第二句集『信長の首』の次の代表句は、この句を念頭に作られた。

裏山の骨の一樹は鷹の座ぞ

源義の掲句も、金沢の俳人・小林一笑《いっしょう》の死を悼んだ芭蕉の、次の一句が頭にあってのこと。『奥の細道』に収録された金沢での作。

塚も動け我《わが》泣《なく》こゑは秋の風　芭蕉

残雪や狩くら神の泉鳴る（S46）

「修二会」の連作（二十句）の中の一つである。

掲句には、次の詞書《御射山》がある。

長野県諏訪《すわ》市霧ヶ峰ホテルの前庭に、この句碑が建立されている。諏訪氏は、信濃一の宮諏訪神社の大祝《おおほうり》。中世、諏訪氏は武士団を構成し、頼朝に従い、御家人となる。鎌倉武士の練武の地として語り継がれている山の斜面には、桟敷跡の階段が残されている。中央の平地に「狩くら神」の祠《ほこら》があり、泉が湧き出でて、山梨の老木が、骸のごとく冬天に立っていた。私の前述の「裏山の骨の一樹は鷹の座ぞ」は、源義のこの地に立って詠んだもの。源義の死後、私は源義の足跡を辿り全国を旅したが、いま想えば、骨の一樹に止まっていた鷹は、源義の霊だったかもしれない。

同時作に、次の句がある。

白骨の一樹に鷹の動かざる　角川春樹

雀の子家に入り来てけろりとす（S46）

「魂迎へ」と題する連作（十四句）の一句である。

同時作に、

まづ部屋に灯を入れ吾子の魂迎ふ
眞理の灯を消しきて星にふられけり
親なしの天國《ハライソ》いかに露の夜

があり、どの句も哀切きわまりないが、眞理の死も一年を経過して、それを受けとめる心の有《あ》り様《よう》に変化が見られる。
芭蕉と同レヴェルで評価していた小林一茶の境涯が、この句にも揺曳している。一茶は五十二歳にして結婚を果たしたが、初婚の妻との間の四人の子供は全て夭折《ようせつ》し、妻にも先立たれた。前述の一茶の次の句が源義の頭にあった。

我と来て遊べや親のない雀　一茶
雀の子そこのけそこのけ御馬が通る　同

源義の「雀の子」は眞理。「家に入り来てけろりとす」は、『神々の宴』の「三鬼忌前後」の「雹はねてけろりんかんと春日かな　源義」と同様の心の有り様である。家に入って来た子雀が明るい心象風景となって読み手の心に訴える。「雀の子」に対する一茶の「そこのけそこのけ御馬が通る」も、源義の「家に入り来てけろりとす」もおどけた口調の明るさが、かえって切ない。肉身に限らず、人は誰でも、親しい人を亡くすということは、現実味のない現実を、自分の一部としながら生きていくことなのかもしれない。辺見じゅんへの追悼句集『夕鶴忌』に収録された妹・眞理への次の挽歌と同様に、源義も悲しみを糧《かて》として詠ったのだろう。

かなしみも生きる糧《かて》なり麦の秋　　角川春樹

八雲立つ出雲は雷《かみ》のおびただし　（S46）

「山陰」と題する連作（二十九句）の冒頭の句である。

同時作に、

瑠璃やなぎ名も美しき月照寺

黄けいとう夕日をまつる岬《さき》の宮

があり、「角川源義年譜」によれば、「昭和四十六年九月二十日、第十三回ならびに百五十号記念「河」全国大会を出雲市に開催。会後、連衆と出雲大社・日御碕《ひのみさき》・八重垣神社・ヘルン旧居などを見て廻る。」とある。
「雷」に源義がわざわざ「かみ」とルビを振ったのは、もともと古語の「神鳴り」に由来する。掲句は、『古事記』の素戔嗚尊《すさのおのみこと》の次の歌、

八雲立つ出雲八重垣《やえがき》つまごみに八重垣つくるその八重垣を　素戔嗚尊

の本歌取りと言えよう。平成二十九年五月十二日に友人の武富義夫を失った一週間後の日曜日、源義のこの句を眺めていた時に、突然、雷が鳴り響いた。その瞬間、次の一句が天から降りて来た。

遠雷やあるべき場所が此処にある　角川春樹

まさに「雷」は、「神鳴り」だった。

欣《きん》一《いち》と出て加賀の夜の鰤《ぶり》おこし（S46）

「能登」と題する連作（二十三句）の中の一句で、冒頭には次の句がある。

馬ひいて兵たりし街冬ざるる

があり、右の句には、次の詞書《沢木欣一と金沢へ》がある。「兵たりし街」は、随筆集『雉子の聲』の中の「戦中戦後」に、次の一文が記されている。

私は第一回の繰上げ卒業をした。学徒だけの徴兵検査があつた。私が品川区役所に検査を受けに行つた朝、日本は太平洋戦争に突入した。昭和十八年の正月に私は金沢の輜重《しちょう》隊《たい》に入つた。馬ひきであつた。一ヶ月半ゐたが、屋根の雪おろしをしに行つたやうなものだつた。

「角川源義年譜」によれば、「十一月二十一日、俳人協会金沢吟行句会に沢木欣一と出席、のちに能登に向かう。」とある。能登の塩田近くの海岸には、沢木欣一氏の次の代表句が句碑として建てられている。

塩田に百日筋目つけ通し　沢木欣一

源義の句の背景は、以上のとおりである。「鰤おこし」とは、北陸地方の鰤漁の漁師ことばで、このころに鳴る冬の雷である。一句だけ例句をあげると、岸田稚魚の次の句。

佐渡の上《え》に日矢旺《さか》んなり鰤起し　岸田稚魚

汐桶に海いろ勤労感謝の日　(S46)

「能登」の連句の同時作、

朝市や地べたに咲かす冬のもの

灘すぐに冬濤となる能登の奥

があり、両句とも映像がありありと立ち上がってくる作品。「朝市」の句は、輪島の景である。「能登の奥」の句は、沢木欣一氏の案内で輪島・能登外浦・千枚田から曾々木に出て垂水《たるみ》の滝を見た景である。この時、一筋の白い滝が、冬荒れの日本海に呑み込まれるように落ちている様に感動した即吟である。源義の句には、右の句のような旅の即興句が実に多い。能登の馬緤《まつなぎ》海岸では、近所の老人が数人集まって哀しい調べの砂取唄を聞かせてくれた。

掲句は、その砂取唄に触発されて、汐桶の中の海水に、あらためて塩作りの苛酷な労働に思いを馳《は》せての即吟。事実、この日は勤労感謝の日であった。のちに馬緤海岸には、砂取唄に想を得た次の一句が句碑として建てられた。

冬濤や百日の唄あますなし

「馬緤」の地名は、源義経が馬を繋いだという伝説からである。母・照子は後年、源義の右の句碑を訪ね、次の代表句を生んだ。照子の句は、源義の句碑と並んでの夫婦句碑となる。

さいはての句碑に掛けおく春ショール　　角川照子

第五句集西行の日

蝶さきに真野《まの》の萱原《かやはら》吹かれゆく　（S47）

源義五十五歳の作。

「ほそ道の旅」と題する連作（十一句）の中の一句である。

「角川源義年譜」によれば、「六月、おくのほそ道の旅。仙台より尿前《しとまえ》まで歩く。」

とある。

山本健吉氏は『西行の日』の帯に、

「蝶さきに真野の萱原吹かれゆく」とは、現の蝶なのか、幻の蝶なのか。この萱原にしても、万葉以来、面影に見るみちのくの風景であった。

と書いている。『万葉集』には、笠女郎《かさのいらつめ》の次の一首が収録されていて、源義の句の背景が判《わか》る。

みちのくの真野のかやはら遠けれども面影にして見ゆといふものを　笠女郎

芭蕉はこの歌枕の「尾ぶちの牧・真野の萱原などよそ目に見て……」とはるかに見やりながら平泉を目指していた。途中、北上川を渡り道に迷いながら登米《とめ》に一泊している。心細げな芭蕉と曾良の姿を、萱原の風に吹かれる蝶の姿に、源義は自分と重ねて見ているのである。西行も芭蕉も僧体であったから、掲句に感銘を受けた私は、句集『補陀落《ふだらく》の径』の冒頭に、次の一句を収録した。

弥陀原《みだはら》に僧吹かれゆく秋の天

また汝《なれ》の離《か》れゆく闇の梅雨滂《ぼう》沱《だ》（S47）

「瑠璃やなぎ」と題する連作（十句）の中の一句である。
山本健吉氏の『現代俳句』では、

昭和四十七年作。「瑠璃やなぎ」より。四十五年五月二十一日、次女眞理死去。（中略）これは三回忌の作。「梅雨滂沱」とは、雨の形容ながら、内心の哀しみの象徴である。身ほとりに描き出していた眞理の面影が、滂沱と降りしきる雨の中に、また離れてゆく「泣血哀慟」の歌ごえである。

と評した。
山本健吉氏の評は真に正鵠《せいこく》を得ている。「梅雨滂沱」は象徴季語であって、眼前の景ではない。眞理の三回忌のころ、前述した「つくづく俳句をやってて良かったと思うよ」の源義のつぶやき、そして最晩年の「俳句には宗教以上の救いがある」は、このころの源義の真実であった。源義は「私がこうであったなら、眞理は自殺しなかったのではないか」とおのれの未遂の出来事との葛藤《かっとう》があった。思えば、人の営みとは未遂の連続であろう。たくさんの未遂を背負って人は生きていく。「できたこと」と「できなかったこと」を比較すると、「できなかった」ことのほうが遥かに多い。源義は、俳句を作ることで救われたのだ。

盆三日あまり短かし帰る刻　（S47）

この句も、「瑠璃やなぎ」の連作の一句である。山本健吉氏の『現代俳句』の中で、前述の「また汝《なれ》の離《か》れゆく闇の梅雨滂沱《ぼうだ》」と並べて、掲句について、

同じく「瑠璃やなぎ」。同じ連作中ながら、これは盆の三日。迎え火から送り日までの、ともに在る三日を、あまりに短いと観じ、早くも到来した「帰る刻」の嘆きである。前句よりいっそう「かるみ」の句境に近づいている。

と評している。源義のこの句を二年前の次の二句と照応していただきたい。

盆三日涼しき部屋に熟睡《うまい》せよ

魂《たま》送る火をもて歩む西の方

盆というのは逆縁のものにとって、こんな辛い日はない。いやでも生前の姿を思い出すからである。にもかかわらず、迎え火から送り火までの魂のこの世にとどまる三日間が、あまりにも短かすぎる、という詠嘆である。

しかしながら、眞理の死を詠むことで、源義の心は癒されていた。森澄雄氏がアキコ夫人の死を詠むことが、お経を唱えることよりも大切に思った、のと同様である。アキコ夫人は森澄雄氏の薬袋に、次の一句だけこの世に残した。

花はみないのちの糧《かて》となりにけり　　森　アキコ

蔵王嶺《ざおうね》の芋名月となりしかな（S47）

「出羽の国」と題する連句（十四句）の中の一句である。
同時作に、

月を得て芋煮のうたや出羽の国
一期一会桝酒の月こぼし寄る

がある。「芋煮会《いもにかい》」は山形県・福島県・宮城県などで開かれる秋の行楽行事である。川原で里芋・肉・蒟蒻《こんにゃく》・葱などを煮込み、飲み食いをする。里芋の季節には、川原のあちこちに大鍋を囲む人々の楽しい輪ができる。俳句歳時記の例句をあげると、

蔵王嶺にかがやく雲よ芋煮会　佐川広治
大鍋を川原に据ゑし芋煮会　佐藤四露

があり、佐川広治の「芋煮会」の一句が良い。源義の句は、佐川広治のこの句と同じ時に詠んだ即興句である。芭蕉は、「挨拶」「即興」「滑稽」を俳諧の根本に据えていた。源義のこの句も然り。「角川源義年譜」によれば、「九月二十三日、第十四回「河」全国大会を蔵王温泉に開催、のちに蔵王にのぼる。」とある。

源義の「芋名月」の例句は他に全くなく、この句が初筆であるが、源義には古代日本の縄文時代の根菜文化の伝統が、「芋煮会」に残っているという認識があった。即ち、「芋正月」である。現在の正月は米を中心とした「米正月」である、と私に語っていた。

掲句は、全国から集まった河衆のために会場の前庭で芋煮会を行った折に、仲秋の名月が蔵王連峰に上ったのである。源義のこの句は、芭蕉の言う俳諧の根本である「挨拶」「即興」「滑稽」を全て含んだ秀句。「芋名月となりしかな」の措辞には、ほのぼのとしたユーモアがある。

夜祭や炭火に猛《た》ける捨煙草（S47）

「秩父夜祭」と題する連作（二十二句）の中の一句である。

「秩父夜祭」は、十二月二、三日、埼玉県秩父市の秩父神社で行われる曳山《ひきやま》祭。六基の山車《だし》が町内を巡幸し、山車の上では少年歌舞伎も演じられる。秩父囃の太鼓のひびく秩父神社には、今年の繭《まゆ》が山の形に神に供えられるのである。

同時作に、

　蚕《こ》じまひの祭や曾我《そが》の幕あがる

があり、源義の「秩父夜祭」の連作について、飯田龍太氏が『俳句の魅力』に取り上げている。

　冬うらら隈濃き五郎翁なり　　源義

句集『西行の日』収。昭和四十七年。五十五歳。

秩父夜祭を観ての作。五郎は曾我十郎の弟。本来なら紅顔の美丈夫であるはずだが、うららかな山国の冬日に照らし出されたその顔は、なんと皺くちゃの老爺ではないか、という句意。いかにも田舎町の祭りにふさわしい寸景であり、ほほえましい作品である。

山車《だし》にある廻舞台の破障子

四温の日袴いさめば埃たつ

乗合の馬を借りきて冬まつり

冬夕焼主役神馬に豆供す

蚕《こ》まつりや冬木に裂《ひら》く夜の花火

役すめばただの馬なり霜の朝

息白くわらわら帰る祭あと

季語の用意も周到で、それぞれ、のびやかな即興の妙を得ている。無心に興じている作者の風貌が思い浮ぶ。ことに「四温の日」の句など、文字通り俳諧の軽みを体した作だ。「袴いさめば」と、一句の焦点を衣装だけにしぼったところが面白い。

なお最後の句の「わらわら」は、ばらばらと同義だが、ばらばらでは表面的な描写におわる。わらわらには、祭りのあとの安堵と虚脱がにじみ出ている。古語の巧みな現代的用法といえよう。

私は「秩父夜祭」の連作の中で「炭火に猛《た》ける捨煙草」の一句を取りあげ、飯田龍太氏が掲句を取りあげなかった理由について考えてみた。私の句集『猿田彦』は、十一月二十三日より始まり翌年二月「建国の日」をもって終る高千穂夜神楽を、九三年かけて毎週眺めてきた連作五十句である。飯田龍太氏は、私の句集『猿田彦』を、「神と人間とが一体となった作品」と鑑賞した。特に次の句は、『猿田彦』の代表句として、高千穂の荒建宮《あらだてのみや》に句碑として建立された。

高千穂の大根《だいこ》を引きに猿田彦

源義といえば、ヘビースモーカーで一日に三箱は空《から》にした。句集『猿田彦』には、次の一句が収録されている。

夜神楽の火鉢に殖ゆる捨て莨

源義の「秩父夜祭」の連作二十二句の中で、唯一、作者の風貌が浮かび上がったのは、「炭火に猛《た》ける捨煙草」の一句であった。たまたま居あわせて、神の婚の立会役となった源義が、早くから秩父神社につめて、山車《だし》の巡幸を待っていた。ヘビースモーカーの源義は厳しい寒さの秩父神社の詰め所で火鉢をかかえるようにしながら、吸殻を火鉢に投じたのである。夜祭の花火のように捨て煙草は、勢いよく炎を上げたのだった。私の句集『関東平野』に、秩父夜祭を詠んだ次の句がある。

蚕《こ》まつりの秩父を囲む霜のこゑ

楢《なら》もみぢ命あまさず生きむとす（S47）

角川源義遺稿集『幻の赦免船』（昭和五十年十二月十五日読売新聞社刊）の中に、石田波郷論があり、次の一文を寄せている。

今日申しあげる石田波郷も、褻《け》の文学としての俳句を生涯貫き通した人であることに、大きな意義があったと思うのである。波郷の句集『惜命』は文学史上高く評価されるものであることは勿論だが、『酒中花』や『酒中花以後』には、波郷晩年の軽みが見出されることに興味をもち、晩年の句風を高く評価したい。（中略）褻《け》の文学としての芭蕉俳諧と、波郷俳句の世界に貫く庶民の心のいとなみは美しく花開いていたのである。

源義は、波郷の「馬酔木《あしび》」を通して培《つちか》った抒情精神を敬愛していた。波郷の生涯は俳句とともにあったといってよいが、波郷に共感を持っていた源義は、自分の一生も俳句とともに生きたいと願っていた。掲句は、石田波郷の次の代表句を踏まえた作品。

柿喰へば命剰《あま》さず生きよの語　　石田波郷

一《いち》杖《じょう》に命惜しみて年守る（S47）

「冬小茸《こだけ》」と題する連作（十句）の中の一句である。

同時作に、

波郷忌の家にここだの恋椿

櫓もみぢ命あまさず生きむとす

があり、「櫓もみぢ」の句のあとに並ぶ作品。掲句には、次の詞書《賜はりし波郷遺《い》墨《ぼく》・遺愛の杖に》がある。細い飴色の杖には「惜命」の二文字が刻まれていた。もちろん、石田波郷の句集『惜命』の、次の代表句に由来する。

七夕竹惜命の文字隠れなし　石田波郷

「年守る」に対する「一杖《いちじょう》に命惜しみて」は、源義が「惜命杖《しゃくみょう》」と名付けた波郷遺愛の杖である。「命あまさず生きむとす」と願った源義は、その一年後、波郷と同じ清瀬市の東京病院に入院するとは、この時、思ってもみなかった。

ご赦《しや》免《めん》花《ばな》火の島六島従へて（S48）

源義五十六歳の作。

「ご赦免花」と題する連作（十一句）の中の一句である。

「角川源義年譜」によれば、「三月十日、『河』城南・城北支部結成十五周年記念吟行句会を下田臨海学園で開催。弓ヶ浜・爪木崎灯台・白浜神社などを歩く。」とある。

同時作に、

煌《こう》々《こう》と白き船航《ゆ》き冬ざくら

があり、上五の「煌々と」という措辞に、冬の明るい伊豆の海の景が、切り取られたように見えてくる。

掲句には、次の詞書《伊豆半島・七島、蘇鉄《そてつ》の花の咲くころ、赦免船《しやめんせん》島へ行きしゆゑ、ご赦免花といふ》がある。

源義の遺稿集『幻の赦免船』の書名は、この句に由来する。伊豆七島とは、大島・利島・神津島・三宅島・八丈島・御蔵島・新島をいう。大島は見えることがあっても、七島全てが見えることは少ない。句意は蘇鉄の花の咲くころ、噴煙を上げている大島があたかも他の六島を従えているように、海に浮かんでいる、ということ。この句は、のちに句碑として建立される。俳句歳時記の例句を一句だけあげると、

蘇鉄咲き黒潮荒き雨降らす　　神尾季羊

がある。「蘇鉄の花」は、南国原産の常緑樹で、樹頭に雌雄異なる花をつける。源義のこの句は、明るくて、大きな景を詠った作品。しかし、写生句ではなく、芭蕉に多い空想句で、いわば私の言う「理想の景」を詠んだ「虚」の句。「蘇鉄の花」は夏の季語で、二月十日の吟行では、まだ花は咲いていなかった。まさに芭蕉の「虚に居て実をおこなふべし」である。

谷々に彼岸ざくらの枯木灘（S48）

「枯木灘」と題する連作（十句）の中の一句である。

掲句には、次の詞書《熊野灘いつより枯木灘といふか》がある。「枯木灘」といえば、私の畏友だった中上健次の代表作『枯木灘』が思い浮かぶ。中上健次は『岬』で第七十四回芥川賞を受賞。のち、『枯木灘』で毎日出版文化賞、芸術選奨新人賞を受賞した。和歌山県新宮市に生まれた中上健次にとって、枯木灘は母の胎内であった。私は中上健次に案内されて枯木灘を初めて見た時、おどろおどろしい地名とは真逆の美しい紺碧の海に感動した。その時の感動が『補陀落《ふだらく》の径』に収録された次の一句である。

葛咲くや常世《とこよ》の波の遠くより

掲句について、飯田龍太氏の『俳句の魅力』の中で次の一文を記している。

印象鮮明な句だ。枯木灘は、紀州日高から勝浦に出る一帯の、熊野灘の新しい呼び名というが、この作の場合は、「枯木」の二字に、なお料峭《りょうしょう》の趣を宿して、早咲きのさくらをあざやかに浮び出す。「彼岸ざくらの枯木灘」は一見不安定な措辞だが、そこにかえって旅人の眼の動きをおぼえる。

なお、彼岸ざくらは、エドヒガンザクラの栽培種で、野生ではないが、海に迫った谷の、古い村を聯想させる。

花の後はやも賜はる螢いか（S48）

「螢烏賊」は、体長五センチ前後の小さな烏賊《いか》。体の各部に大小の発光器を備え、螢のように美しく光る。富山湾の滑川《なめりかわ》、魚津の海岸に多く、晩春から初夏にかけての群遊海面は、天然記念物に指定されている。生食しても美味だが、最近では石焼やしゃぶしゃぶなどの調理法が楽しまれている。

富山県出身である源義も私も、「螢烏賊」といえば、懐かしいふるさとの味だ。俳

句歳時記の例句をあげると、

螢烏賊松風陸を離れざる　　金尾梅の門
父の忌の町に出初めし螢烏賊　　沢木欣一
あけぼのや紅透きとほる螢烏賊　　角川春樹

があるが、やはり源義の句が一番良い。「花の後はやも賜はる」の措辞が美しく楽しい。食べ物は人を倖せにする現代の「軽み」だ。源義の次の言葉が残されている。

平明で心に残る句しか人々に記憶されない。単純明快こそ名句の条件といえるだろう。俳句をつくると私は舌先に一句をのせ、五度六度と転がしてみる。音色とか味だけを残し、あとは全部消してしまう。

那智滝の巌頭に佇ち青下界（S48）

昭和六十二年「河」十月号に、那智の滝についての私の論文があるので、一部引用する。

正月三日、某テレビ局の放映による「神としての風景――熊野・那智の滝――」を観て感動した私は、ビデオに録画してもらい、幾度もこのフィルムを見続けてきた。

昭和四十九年、初めて熊野・那智の滝を訪れたフランスの文学者アンドレ・マルローは、この滝の聖なるものへの感動を覚えた、という。その時、マルローの語った感動の一つに、「日本の風景美には『垂直軸』がある」と述べている。

この発言をきっかけに、山本健吉、岡野弘彦、そしてアンドレ・マルローと那智行を共にしたマルロー研究家の竹本忠雄の三氏による対談とインタビューを軸に、番組は創られていた。

山本健吉氏は昭和四十八年に初めてこの那智の滝と出逢った時、「日本人の自然観、生命観がここにある」

と直覚し、感動させられた、と言う。

上古以来、日本人の「たましひ」のふる里・熊野、その中心は那智の滝である。

掲句は、那智滝の一本の白い柱（マルローの言う「垂直軸」）となって海に立つ姿は、まさに神と崇《あが》められるに相応《ふさわ》しいものだった。那智の滝口は大きな一枚岩からなり、銚子《ちょうし》口といわれ、はるかに枯木灘・那智勝浦が望めるのである。巌頭に立った源義は、眼下に拡がる群青世界に感動し、一瞬にしてこの句が成った。

新涼の林中に古る屍《かばね》室《しつ》（S48）

「月の療舎」と題する連作（二十句）の中の一句である。
昭和四十八年九月三日、胸部疾患《しっかん》と診断され清瀬市の東京国立療養所へ入院する。ここは敬愛する石田波郷命終の地だが、源義に死の不安はない。それどころか、日常の多忙から解放された境涯に甘んじ、療養を楽しむかのごとく俳諧自在の心境を詠むようになった。芭蕉の言う「ものの光未だ消えざるうちに言ひ止める」素直な即物詠に、表現の企図《きと》や季語斡旋《あっせん》の技巧が入り込む余地はなく、ひたすらに「軽み」を目指して平明な句境が展開されてゆく。

同時作に、

新涼や癌てふ文字の眼にいたし
曳《ひき》売《うり》の白桃すでに一患者
日々に見る朝焼ゆやけ波郷の地
月天心波郷のあれこれ聞かさるる
酒なしに寝し秋《しゅう》暁《ぎょう》のまむらさき
月追うて祭ごころや患者らは

「月追うて」の句について、飯田龍太氏は次の一文を書いた。

「九月三日、清瀬市東京病院に入るときまる」その一連のなかの一句。

日々に見る朝焼ゆやけ波郷の地

の作があり、同じ病舎に、同じ病いで療養の身となった源義にとって、敬愛する故人への追慕は格別であったようだ。

とまり木に隠れごころや西行忌　　波郷

患者らはみなのつぽなり枇杷をもぐ

葉鶏頭われら貧しき者ら病む

の諸作が念頭にあったろうことは、十分推測されよう。ことに「西行忌」の句に対しては、「何か艶なるものがあって面白い」（「石田波郷」）と評している。独自の鑑賞といっていいだろう。源義のこの句には、その艶なるものが一層さびさびした姿でとらえられている。晩年の感慨として、しばしば陰を明に転じたい、そこに軽みの俳諧を求めたい、という意味の言葉を述べ、その現れ方は褻《け》の姿だと言っているが、この句もそうした志向を示す作だ。波郷俳句に膚接《ひせつ》しながら、これはこれとして豊かな風韻を持つ句である。

一病者春めく雲とただよへり　　源義

掲句は、はからずも飯田龍太氏が指摘した「波郷俳句に膚接しながらも豊かな風韻を持つ句」である。石田波郷の次の代表句を踏まえての作。

綿虫やそこは屍の出でゆく門

波郷と同じ病院に入院した源義は、波郷も見ていたこの屍室を万感の思いで眺めていた。
「新涼」は暑い夏も過ぎて、秋に入ってのほっとするような涼気をいう。従って「明」。「林中に古る屍室」は「暗」である。源義の言う「言ひたい事は抑へて季語に語らせればいい」であり、この句にも「もどき芸」が働いている。

露草にかくれ煙草のうまきかな（S48）

私の句集『健次はまだか』には、次の二句が収録されている。

父の日のマルボロを吸ふ父がゐる
源《げん》義《ぎ》が死んだ。マルボロを吸ふ

また、源義への挽歌である『源義の日』には次の句。

源義の日父のマルボロ吸ひにけり

右の句には、次の詞書《四十二年前、源義の書斎にいて病院からの遺体を待つ》がある。

机の上の灰皿には、マルボロの吸い殻が数本、マルボロの箱が二つあり、一つは六、七本が残っていた。私は父の遺体を待つ間、ゆっくりとマルボロをくゆらした。私の身体を通して源義が吸っているイメージが浮かび上がった。

掲句の季語である「露草」は、初秋から晩秋まで瑠璃《るり》色の花が開く。由来は諸説あるが、露のイメージに合った命名だろう。源義は眼前の露草におのれを同化させたと考えたい。源義は「自然の中に息づく万象の命を捉えて季節を滲ませた季語に心情を托し、おのれと同化させよ」と弟子達に語っているからである。言い換えれば、季語を作者の分身として読み手に訴えるということ。この句も源義の自画像になっている。

吉田鴻司編の『角川源義集』に、掲句について秋山巳之流《みのる》の次の脚注がある。


ヘビー・スモーカーだった。入院中酒は控えた。しかし、さすがに素面《しらふ》で病院の味気ないベッドに横になると、明け方まで眠れなかった。見舞客を口実に広い病院の庭隅で懐からこっそり煙草を出して吸った。一時退院した折、「かくれ煙草」を淋しげに自慢。

澄雄来て硯《すずり》咄《ばなし》や菊びより（S48）

「露金剛」と題する連作（十七句）の最後に置かれた作品。
同時作に

敬老の日の給食の鮪鮨
つくつく法師かくれ煙草をとがめらる
蜩《ひぐらし》や子規忌を忘れ患者食
波郷の主治医吾《われ》に生きよと柿賜ふ
一枝の柿瓶に挿しおき生きたしや
読まぬ書の砦づくりに十三夜

がある。「子規忌を忘れ」の句には、秋山巳之流の次の脚注がある。

「子規忌を忘れ」が重要。実作者として、子規への好悪が常に心の底にあった。「写生というのは文学の本質の問題ではなくあれは方法なんだ」と。軽みは年齢ではないという山本健吉説を思う一句。

また、「柿賜ふ」の句には、次の詞書《波郷の句に「柿喰へば命剰《あま》さず生きよの語」あれば》がある。

さて掲句について言えば、昭和四十八年に源義は、「俳句」新年号で飯田龍太・森澄雄・金子兜太三氏と「伝統と前衛」というテーマで座談会を行っている。後年、私の心の師となる森澄雄氏とは、対談集『詩の真実』、追悼句集『白鳥忌』を刊行することなど、源義にとっては思いもよらぬ未来の出来事であったろう。昭和六十年、「朝日グラフ」で初めて対談をした時も、森澄雄氏は源義と硯談義を交わしたことを私に語ってくれた。

森　チベットはどうでしたか。

角川　楽しかったです。

森　（『補陀落《ふだらく》の径《みち》』）親父さんより面白いと思って、一生懸命読みました（笑）。

森澄雄氏は、源義とこの時、美しい青緑色の端渓《たんけい》の硯の話をしたという。源義は俳壇で森澄雄氏をいち早く認めていた。筋金入りの学者と鋭利なジャーナリストが源義の中で同居していたが、俳人の真贋《しんがん》を見抜くのには動物的な嗅覚があった。

季語の「菊びより」とは、よく晴れて菊の香りがしみ通るように澄んだ秋の日をいう。この句の「菊びより」は象徴季語で、源義の弾み心が読み手に伝わってくる。

見えぬ一病憎み愛しつ冬ざるる　（S48）

「いつ癒ゆる」と題する連作（十一句）の中の一句である。

同時作に、

小六月給食表の今日さがす

つゆじもや清瀬に波郷の女弟子

ストマイ幾本打ちて癒ゆるや菊の朝

がある。飯田龍太著の『俳句の魅力』では、掲句について、

その病いにも曙光を見て、ともかく退院することを得た。なお、清瀬へは定期的に診療を受けに行く。そんな折の作か。七分の安堵と、三分の不安が入りまじった述懐だが、俳句に多くを求めて捨て去ったような、そんな諦念が見える。同年作の、

散策の歩をのばさむと春の足袋

も同傾向の佳句である。

と評している。しかし、現実として退院するのは、同年十二月九日。病名は、胸部疾《しっ》患《かん》。結核患者は癌にならないと人にいわれ、本人もそう信じようとしていた。いやストマイで胸部疾患は治療するはずだ。だが不安は大きかった。私の句集『JAPAN』には、次の一句が収録されている。

日の丸を憎み愛して雪降り積む

季語の「冬ざれ」とは、風物が荒れ果ててもの寂しいさまの冬の状景である。「冬ざるる」は、作者の心象風景でもある。中七の「憎み愛しつ」に、私の句と同様の屈折した思いを持ちながらも希望を抱いている。例えて言えば、秋山卓三の次の代表句のようなものだ。

冬ざれや卵の中の薄あかり　　秋山卓三

三日見ねば総落葉してやすけしや　（S48）

「朝のドラマ」と題する連作（十四句）の中の最後の句である。

同時作に、

柿紅葉肺のいづこか疼きをり

ポインセチア愛の一語の虚実かな

時雨忌の残り葉空をかがやかす

があり、「ポインセチア」一句は風刺を込めたユーモア句。入院時の句に、

将棋弟子句弟子をふやし秋ざくら

がある通り、療園の月例句会で「暗い俳句を作ってはいけない、読む人が楽しく、作者救済の句を」と力説していた。掲句は、その見事な実例である。この句にも、「薄あかり」が見える。山本健吉氏は『現代俳句』の中で、次の鑑賞を行っている。

昭和四十八年作。「朝のドラマ」より。清瀬療養所に入院中の作。三日外を見ないうちに、銀杏か欅か、巨樹が一時に総落葉し、裸木となってしまった。束の間の驚きであるが、それをむしろ「やすけし」と見たところに、あきらめともつかぬ作者の心情吐露があった。多分波郷の「泉への道おくれ行くやすけしや」の感銘が、余韻を引いていよう。同療養所

の患者に波郷あり、医師に上田三四二があった。

波郷忌の柿すすりゐてさびしけれ　（S48）

「波郷忌」と題する連作（十一句）の中の一句である。

同時作に、

療園やこの白息は神の寵《ちょう》

があり、前述の「三日見ねば総落葉してやすけしや」が響く佳句である。

岡本眸氏の「思い出すままに」の一文に、

昭和四十八年秋、胸部疾患の疑いで、清瀬の東京病院に入院された。入院前、電話を下さったとき「波郷に負けない作品を作ってくる」と、むしろ、楽しげにしておられたのが思い出される。

とある。清瀬市の東京病院入院中が、源義にとって一番平穏な日々であった。この東京病院に勤務していた歌人の故・上田三四二氏は、「源義氏がわざわざ遠くて不便な清瀬の国立病院を選ばれたのは、そこが波郷の地であり、波郷の詠んだえごの森があり雑木の林があるからであった」と述べている。

掲句は、もちろん、石田波郷の「柿喰へば命剰《あま》さず生きよの語」を念頭に置いてのこと。吉田鴻司編の『角川源義集』の秋山巳之流の脚注によれば、

波郷忌は十一月二十一日。入院した年齢五十六歳と波郷没年と同じだったせいか「さびしけれ」にその意識が強い。波郷が亡くなったのは、第3病棟3階311号室。村山古郷は部屋の「ベッドの机の上には、波郷が食べ残した大柿が鮮やかに美しく」光っていたと。

と記している。源義は季語に対して次の言葉を残している。「季語であつても季感を伴はないものは季語ではない。ただの日本語である」そして「何月何日と知つてゐる忌俳句であつても季節を感じさせないのなら、春なら春の雰囲気を出す語を添へねばいけない」と弟子達に諭《さと》した。同感である。掲句は、忌俳句の実例と言ってよい。

蓑虫や句を晩年の計として（S49）

源義五十七歳の作。
源義の句集『冬の虹』のあとがきにある、次の一文に再び触れることにする。

私はこれまで境涯俳句とよばれるやうな俳句を作らなかつたが、日々の生活を詠ふやうになつた。しかし、私は芭蕉晩年の計が何であつたかが思へてならず、陰を陽に転ずる俳諧の企てをつづけてみたい。そのあとはどうなるのか、実は私にも判らない。軽みの句風で芭蕉は終焉を迎へてゐる。俳人芭蕉にとつて、これは幸ひしてゐた。

「句を晩年の計として」の背景は、このあとがきに全て記されている。風に揺れている「蓑虫」は、季語に托した自画像である。源義は少年時代から、「俳句で身を立てたい、俳人として一生を終えたい」と願っていた。晩年の計として、源義は周囲に、

「どうしたらいい句が創れて、後々に残すことが出来るかということが、今の私の心の中のすべて」と語った。

花あれば西行の日とおもふべし（S49）

「西行の日」と題する連作（二十句）の中の一句である。

同時作に、

なやらひの豆にこぼせり予後の声
春の雲家禽のごとく尾長来る
散策の歩をのばさむと春の足袋

があり、いずれも佳吟である。「西行の日」の一句は、いったい何時《いつ》どこで生まれたのか。「角川源義年譜」によれば「四月九日、真間山弘法寺へ岸風三楼《ふうさんろう》の案内で予後はじめての枝垂桜を見る。」とある。弘法寺には富安風生の次の一代の名吟が句碑として建てられている。

まさをなる空より枝垂桜かな　富安風生

源義は紛れもなくこの句に感銘して、触発されたに違いない。この時、源義の念頭には西行の次の代表歌があった。

願はくは花の下にて春死なむその如月の望月のころ　西行

そして、敬愛する石田波郷の次の句である。

ほしいまま旅したまひき西行忌　石田波郷

源義の死後、角川文化振興財団が設立され、国文学・歴史を顕彰するために設けられた「角川源義賞」の第一回の受賞は目崎徳衛《めざきとくえ》氏の『西行の思想史的研究』であった。目崎徳衛氏の結論は、西行の遁世《とんせ》の目的およびその本質が「数奇《すき》」であったこと、「西行がその独自かつ長期の遁世生活を通じてわが国における自由人の典型を確立した点を、もっとも重視したいと思う」と述べている。

源義は「軽みとは生き方だ」と断定していたが、晩年に西行を自由人の典型と捉えて「花あれば」の一句が生まれた、と判断を下していい。飯田龍太氏は「生死のことなど」の中で、掲句について次の鑑賞文を記して激賞した。

没後、二年ほどして「俳句」に連載中の一項として、「修羅寂光」と題し、角川源義俳句の鑑賞文を記した。執筆の動機は、主として遺句集となった『西行の日』の感銘にあった。わけても、

花あれば西行の日とおもふべし

という作品の、ただならぬ印象が最大の要因であったように思う。いまにして思えば、角川源義一代の名品というばかりではなく、近代俳句史のなかに屹立する秀作といっていい。（中略）前記の鑑賞文の題名には即座に「修羅」の二文字が浮かんだ。そして「西行の日」の句を思い併せるとき、この句のおおらかなひかりは、氏の全人生を照らし、かつまた、短詩型の、乃至は日本文芸の源流まで照らし出しているような慈光をおぼえて「寂光」の文字を記したように思う。この作品について私は、「秀句は、無意識に記憶を強いる。強いられて何等抵抗を感じさせない表現を得たものだけが風雪に耐える。その表現は、一

見平明にみえて、きびしく類型を拒否する。更に解説さえ無力にしたとき、その名は、大衆のなかに溶けて、永遠にあたらしい生命を宿しつづけるだろう。源義氏のこの一句は、ほぼその条件にかなう名作のひとつといっていいと思う」。

山本健吉氏は『現代俳句』の中で、この句に触れ、

源義の代表句。西行の日とは西行忌だが、そうあらわに言わなかったのがよい。「願はくは花のしたにて春死なむその如月の望月のころ」によって、陰暦二月十五日（実はその翌日十六日）が西行忌なのだが、何もそうはっきり限ったことはない、花が咲けばそれが西行の日、西行が死ぬのを願ったその日だというのだ。

これも「ほしいまま旅したまひき西行忌」という波郷の句が、どこかに響いているかもしれない。この句は病身の、旅も叶わなくなった思いを潜めた句だ。それが逆に出ると、「旅したしとも思はずなりぬ落葉ふる」（ともに『酒中花』）というつぶやきの吟詠となる。源義の句にも、自分の残年を思いみれば、自由に漂泊の旅に出られなくなっても、身ほとりに花さえ咲いてくれれば、それでよい、自分もまた西行と同じ願いを充たすことが出来

ると、心にうなずいている姿が浮かんでくる。単純率直な思いを、「一枚の黄金を伸べた」ような句柄ながら、そこまで推測してみたくなる。

私は、処女句集『カエサルの地』のあとがきで、掲句について次の一文を記した。

私にとって俳句は、趣味ではなく、生き方だった。生きている証《あかし》だった。（中略）俳句に対するひとつの解答は旅である。実際の土地への旅であり、宇宙と繋っている意識の旅である。父、角川源義も旅立つ前に、ひとつの旅を謳《うた》った。

花あれば西行の日とおもふべし　　源義

父の意識は肉体が滅びる前に、永遠の意識を一行の詩に刻み込んでしまった。

花あれば詩歌この世に立ち上がる　　角川春樹

花守の僧行きずりに合掌す（S49）

「花あれば」の句と同時作であったために誰にも注目されなかった。この句も葛飾真間山弘法寺での即興句。「花あれば」の句を太陽に譬えれば月の句となろう。「花守の僧」は、無論、弘法寺の僧。あまりにもさりげない句の故に批評しづらかったとみえる。句集『西行の日』を初めて読んだ時、この句に魅了された。

『芭蕉全発句』の中で、私は次の一句に目を奪われた。

道のべの木槿《むくげ》は馬にくはれけり　芭蕉

右の句には、次の詞書《馬上吟》がある。眼前の景を即興で詠んだ面白さが、この句の身上。同様のことが「花守の僧」の面白さと言っていい。『西行の日』が豊かな句集であるのは、「花守の僧」のような佳吟が収録されていることにある。俳句は、いつの時代でも発見された作品だけが残ってゆく。個性を超える普遍性とは、掲句のような飽きのこないシンプルな作品のことである。

郭公《かっこう》とたしかめて取る夕餉かな　（S49）

「出羽・陸奥」と題する連作（十六句）の最後に位置する一句である。同時作に、

　つばくらや雪月山は威を張れり

　みちのくに名残りの霜の降る夜かな

があり、予後はじめての出羽・陸奥の旅である。急逝した二つ年上の門弟子・佐藤南山寺の弔いの旅でもあった。

　掲句には、次の詞書《五月十二日父二十三回忌に帰郷》がある。

「郭公《かっこう》」は、初夏に南方より渡来する夏鳥で、夏が深まると高原や高山に移る。既に富山の源義の実家は人手に渡り、水橋駅近辺には帰るべき場所はない。もちろん、宇奈月温泉の宿とも考えられるが、おそらく山形県の羽黒山神社の斎館《さいかん》であろう。昭

和三十九年の次の作品が浮かんでくる。

斎《さい》館《かん》の一《いっ》壺《こ》の芒主《あるじ》たり

『角川源義集』の脚注に右の句について、井桁白陶《いげたはくとう》は次の一文を記している。

獅子文六、小林秀雄両先生と羽黒山斎館にやどる。一壺とは、銅製の一抱えもある逸品で、今も斎館の奥まった勅使《ちょくし》の間にある。後年、長子春樹さんがこの部屋に泊り、「父恋へば補陀落の径月の道」と詠む。

源義は長きに亘《わた》って羽黒山俳句大会の会長を務めていた。掲句は、「出羽・陸奥」の連作の一句であるところから推定すると回想の作と思われる。秋山巳之流は『角川源義集』の脚注で、次の一文を記している。

「俳句の中に没入して俳句とともにはててゆくかもしれませんが、後悔のない人生でありたいと思っているわけです」。結社の連衆にはもとより、年寄って俳句を始める人にも、あるいは俳句以外の故郷の人にもいう。句集『西行の日』の名句の一つ。

源義の「郭公」の一句の「たしかめて取る夕餉かな」の措辞は、誰にでも経験があり共感できる表現。しかし、誰も一句にはしてこなかった作品。このことは、名句の条件の一つでもある。私の句集『補陀落の径』には、前述の羽黒山斎館での次の句が収録されている。

冷酒《ひやざけ》を干《ほ》す鳥海山《ちょうかい》の暮るるまで

昼顔のここ荻窪は終《つい》の地か（S49）

「家居の日々」と題する連作（十一句）の中の一句である。前句と同様に秋山巳之流の脚注を引用する。

「私の師折口信夫や柳田国男は晩年、日本人の他界観をしきりと考えていた。遠い海の彼方にある幻の異郷をこの二人の老詩人は追い求めて挫折していた。死後の人間の魂はどうあるのか、あらゆる学問の側から追求されていい問題である」、荻窪が終《つい》の地となる。

「昼顔」は、初夏から初秋にかけていたるところに自生する平凡な花である。秋山巳之流が源義の言葉として「死後の人間の魂はどうあるか」を抽《ひ》いたのは、「昼顔」に対する「ここ荻窪は終《つい》の地か」の措辞による。眞理も源義も照子も荻窪は終の地となった。私の句集『源義の日』には、源義のこの句を踏まえた次の句が収録されている。

荻窪は詩の水脈《みお》の地か花のこゑ

言うまでもなく、詩歌は「いのち」と「たましひ」を詠う器である。「昼顔」という平凡な花を季題として、予後の日々を送る、おのれの平凡な「いのち」の感懐を一句に落とし込んだ佳吟。

菊なます肺の一葉抜かれけり（S49）

同時作に、

からしあへの菊一盞《いっさん》の酒欲《ほ》れり

がある。右の句には、次の詞書《山形より好物の菊あまた来る》がある。一盞の酒にはもっとも美味な、桃色がかった袋状の花弁の「かしろ」の菊膾を、源義は特に好んだ。酒は晩年、山形の「紅葉盛」を、備前のとっくりから注いで飲むのを楽しみとしていた。

源義の「菊なます」の句には、次の詞書《九月二十四日、再発の心配なしと診断さる》がある。

この診断に、源義はほっと安堵の胸をなで下ろした。それまで飲んでいた薬も一つを飲まなくてよくなった。私は二度にわたる心臓の手術を受けたが、毎食後に飲む常備薬のうち一種類減るだけで、どれだけ心の負担がなくなるか、実感として理解できる。源義にとって、俳句晩年の計がいよいよ具体的になってきた。しかし、翌年の十月二十七日に命終を迎えるとは、この時の源義には想像さえつかなかった。私の句集『源義の日』には、掲句を詞書にした次の一句が収録されている。

菊なます余命を量《はか》る術《すべ》もなし

道《どう》灌《かん》の地のもてなしや川焚火　（S49）

同時作に、

枯山吹蓑笠つるし賤が家

があり、《埼玉県越生町山吹の里》の詞書がある。太田道灌所縁《ゆかり》の山吹の里である。掲句には、次の詞書《近くに越辺川流る》がある。この句を眺めると、必然的に芭蕉晩年の次の句を思い起こす。

蕎麦はまだ花でもてなす山路かな　　芭蕉

右の句には、次の詞書《いせの斗従《とじゅう》に、山家《やまが》をとはれて》がある。山本健吉氏は、『芭蕉全発句』の中で次の鑑賞を記している。

(前略)山家とは、伊賀上野赤坂の兄半左衛門宅、すなわち芭蕉の生家を指す。山中といい、山家といい、山路といい、すべて山国伊賀の意味をこめて言う。ここは山家なので新蕎麦もまだできず、蕎麦はまだ花で客人をもてなすありさまです、と貧しいもてなしぶりを言った挨拶句である。時に応じていきいきしたウィットに富んでいる。

源義の掲句は、芭蕉の句を念頭に詠んだ太田道灌への挨拶句。秋山巳之流に次の脚注がある。

胸部再発の心配はなし、という医師の保証は、実に大きな力となった。俳句の旅を遠近《おちこち》多くし、現代俳句に実作者としての残る作品を加えるための静かな心を養った。
川焚火を見ても、「道灌の地のもてなし」と、大きな命を感じる句作へ向かった。

起き出でてすぐのたそがれ破芭蕉《やればしょう》（S49）

「惜命」と題する連作（二十句）の中の一句である。

同時作に、

惜命や残り葉の方夕焼をり

があり、掲句と並んで当時の源義の日常が判る。源義は夜遅くまで起きていることが多くなった。まさに俳句に生き、俳句の中に倒れるように、あらゆる仕事が俳句を中心にして動いていた。夜が明けてしまう日も多かった。しかし、毎日が俳人として充実し切っていた。「起き出でてすぐのたそがれ」は、従って源義の日常。しかし、一句の眼目は、季語の「破芭蕉」。前述した源義の「俳句は、ものを言ってはいけない文芸だ。言ひたい事は抑へて季語に語らせればいい」の言葉どおりに、この句は「破芭蕉」におのれを託している。清瀬市の東京病院に入院先を選んだのは、石田波郷の命終の地であったからだ。この句にも、石田波郷の次の一句が揺曳しているように思える。

破芭蕉安骨堂に死の目充つ　　石田波郷

「破芭蕉」は、初秋・仲秋と美しさを保っていた芭蕉の葉も、雨に濡れ、風に裂かれて哀れなさまになる。その侘しさは人生の感慨を託す象徴となる。飯田龍太氏はこの句について、『俳句の魅力』に次の鑑賞を寄せている。

冥途の彼方を見透したような冷徹の眼を感じて慄然たるものをおぼえる。ここにはすでに波郷の影は見えぬ。もとより蛇笏の立ち姿はない。あるいは、源義そのひとの肉体さえ消えて、あるものは澄明の詩心だけか。いたましいことだが、それこそ生涯求めつづけた孤独の実像というなら、もって瞑すべきかもしれない。

白き帆の屋根の上航《ゆ》き年守る（S49）

連作「惜命」の最後に置かれた一句である。

この句には、次の詞書《十二月二十八日、房州館山《たてやま》へ行き越年》がある。

『角川源義集』の掲句に対する、佐川広治の次の脚注がある。

昭和四十八年、四十九年と歳晩から新年にかけ、源義は房州館山《たてやま》で越年した。鴨川東条におられる富安風生先生宅を訪問することも、楽しみの一つであった。帆船の帆の白さと歳晩の海の青さ、いかにも房州ならではの光景である。年守るの感慨が伝わってくる。

「年守る」とは、大晦日、眠らずに元日を迎えることである。句集『西行の日』の昭和四十七年の作に、

一 杖 に 命 惜 し み て 年 守 る

があり、右の句を背景に「惜命」と題する連作の最後に置かれた。「一杖に命惜しみて」に変わり、昼に見た明るい景が源義の脳裏に焼き付いている。だが、この明るさの裏にはおのが命を惜しむ心が宿っていた。

雪解しづく鶴川村は遠きかな (S50)

源義五十八歳の作。

「猿の腰かけ」と題する連作(十一句)の中の一句である。

同時作に、

猿《さる》 茸《きのこ》 二 斗 飲 む た よ り 年 の 豆

福 は 内 猿 の 腰 か け あ ま た 来 て

があり、「年の豆」には、次の詞書《石川桂郎氏に》がある。源義の盟友といえば、石川桂郎である。桂郎の盟友といえば、角川源義である。石川桂郎には、次の代表作がある。

裏がへる亀思ふべし鳴けるなり　石川桂郎

山本健吉氏の『句歌歳時記』では、右の句の鑑賞が記されている。

「亀鳴く」は古来春の季題。空想的で滑稽味がただよう。喉頭ガンにおかされて、自宅の床に仰臥している自分を、裏がえってもがく亀と見た。かすれた声の悲鳴を、心耳に聴いている。

私の句集『源義の日』には、《源義の盟友・石川桂郎死して四十二年》の詞書で、次の句が収録されている。

父恋へば桂郎の亀鳴きにけり

源義は癌を病む石川桂郎に特効薬とされた猿の腰掛けを探し集め、送り続けた。食道癌らしいと桂郎から電話で知らされたのは、昭和四十九年十一月のころ。孤独の中から俳諧世界への見事な飛翔をした晩年の桂郎俳句（裏がへる亀思ふべし鳴けるなり桂郎）の最も良き理解者が、源義であった。

「雪解しづく」は、桂郎の身を案じている源義の胸中の象徴季語である。「鶴川村は遠きかな」の措辞は、町田市鶴川村の自宅のベッドに仰臥している桂郎との心理的な距離である。私の獄中句集『檻』に収録されている、次の代表句と同じ「遠きかな」である。

そこにあるすすきが遠し檻の中

四温の日踏絵《ふみえ》の町の皿うどん　（S50）

「天草灘」と題する連作（二十句）の巻頭に置かれた一句である。

同時作に、

異人墓地のうかれ女墓や山笑ふ

芭蕉来なばおらんだ正月いかに見む

天国《ハライソ》は海の瑠璃かも雉子の声

南蛮寺の鐘鳴り出でて春の暮

があり、「うかれ女墓」とは、いかにも源義らしい独自の視座がある。「角川源義年譜」によれば、「三月一日、九州『河』支部連合会結成記念大会に出席、のちに長崎に出、天草に渡り、さらに熊本・水前寺などを見て歩く。」と記している。

掲句には、次の詞書《三月一日、長崎》がある。旅の俳諧師である芭蕉は土地と人への挨拶句を重視した。「旅」の語源は、フランス語の「旅」と同様で、「食《た》ぶ」が「旅」となった。季語の「四温」は、三日ほど寒い日が続いた後に四日ほど暖い日が続く、ということ。冬の季語である。従ってこの句は、詞書に《三月一日、長崎》とある以上、「実」ではなく「虚」。「踏絵」は、江戸時代、キリスト教禁制のため春になると、聖母マリア像や十字架のキリスト像を描いた絵を踏ませて、信者でない証《あかし》を立てさせた。春の季語である。掲句の場合は、「四温の日」が季語で、「踏絵」は長崎という歴史ある土地への挨拶。「皿うどん」は、長崎の郷土料理。「踏絵の町の皿うどん」は、前述の「食《た》ぶ」が「旅」に変化したように、旅で訪れた長崎に対する讃歌である。象徴季語として用いられた「四温の日」に、源義の暖い眼差しが感じられる。

いちはつやはやされすするわんこそば　（S50）

「青五月」と題する連作（二十句）の中の一句である。句集『西行の日』は、この連作をもって終る。

掲句には、次の詞書《盛岡市》がある。「角川源義年譜」によれば、「五月、盛岡での『自然味』六百号大会に招かれて講演。」とあるので、その折の作品。この句も前述の長崎の「踏絵の町の皿うどん」と同様に、土地と人への挨拶句。「わんこそば」は、盛岡の名物料理。「皿うどん」が「わんこそば」に変った。「いちはつ」は、中国原産の、紫または白のあやめに似た花を開く夏の季語。俳句歳時記の例句をあげると、

玄関に一八活けて大書院　右城暮石

鳶尾草《いちはつ》や野鍛冶火花をよくとばす　皆川盤水

一八や日は照りながら雲の上　桑原三郎

がある。『角川源義全句集』の中でも、上五中七下五の全てがひら仮名というのは掲句だけである。一口ほどのそばが椀に盛られ、給仕の女性がそばにいて、次から次へそばを投げ込んでゆく。まさに「はやされすする」である。一句全体にスピード感があり、源義の弾むような笑顔が目に浮かんだ。

西行の日　以後

浮人形なに物の怪の憑《つ》くらむか（S50）

「三番日記」と題する「俳句」十一月の連作（三十句）の中の一句である。
掲句は、釈迢空の次の短歌をモチーフに作られた。

奇妙なる人形ひとつ　時々に踊り出る如し。わが心より　　釈　迢空

角川源義の五十八年の生涯で最も大きな影響を受け、また呪縛もされたらしいと思

うのは、師の釈迢空・折口信夫だった。昭和六十二年「河」十月号は、角川源義十三回忌特集であり、私はその折に、自身が体験した釈迢空の掲歌に対して、次の一文を書いた。

飛鳥坐《あすかいます》神社は、迢空の少年期を豊かに育んだ思い出の地である。宮司は迢空の祖父・造酒《みき》ノ介《すけ》の出である飛鳥直《あすかあたい》家。（略）飛鳥坐神社には釈迢空の次の歌碑が建っている。

ほすすきに夕雲ひくき明日香のやわがふる里は灯をともしけり　　釈　迢空

九月三日午前一時。今日は九月三日の迢空忌である。拝殿に歩を運ぶと、奥の御神体である鳥形山の神座《かみくら》は、完全な闇に包まれ、拝殿正面を四角に縁どっている。（略）神座に向かって拍手を二つ打つと、突然、足もとがぐらりと揺れる。地震が起こったのだ。祓詞《はらえことば》が始まると、今度は正面の神座から、「オーッ」という、人間とも獣ともつかぬ奇怪な声が三度、間を置いて闇から放たれる！（略）釈迢空の霊魂を幽《かく》り世から呼び戻すために、迢空の歌を二首、低く闇に向かって朗詠すると、

ひた　ひた　ひた。

飛鳥直家の人であろうか、石階を登りきったあたりから、誰かが近づいてくる。

ひた　ひた　ひた。

足音はさらに近づき、私の背後で止まる。

突然、豪雨が拝殿の屋根を轟かす。だが、背後の人物は、この突然の豪雨の中で、微動だにしない。私の神降《おろ》し、霊降《たま》しを興味深く見守ったままである。

一瞬の豪雨が去ると、私の後方から、なんとも不快な冷々とした霊気が押し寄せてくる。黄泉《よみ》から運ばれた気である。その時、私の背後の人物が、釈迢空であることを、理屈なしに確信したのである。（略）

ホッホッホッホッ。

《すると私には、先生の口辺にうかんでゐたあの礼儀正しい微笑が思ひ出されて来る。先生はやや眉根を寄せて、ホホホといふやうな声音で笑はれた。（三島由紀夫「折口信夫氏の思ひ出」）》

神事を終えて背後に振り向くと、石階のつきあたりから近づいてきた人物、低い笑い声をたてていた男は、忽然と消えていた。

奈良ホテルに戻ったのは、午前三時に近かった。仰臥のまま天井を見つめている。眠れそうもないな、と思う。すると、舞台が暗転になったように、天井のうす闇は、飛鳥坐神社の神座《かみくら》——闇は四角に縁どられていた——になってしまった。そして、その闇の中に、どこから出現したのか、こけし大の黒い人形が浮かんでいる。

黒い人形は、現れた時と同じように、不意に消えてしまった。四角の闇は再び静寂に戻った。

黒い人形は、沼空が最晩年に見た奇妙な人形だった。

消え去ったはずの天井の闇から、今度はつぎつぎと夥《おびただ》しい数の黒い人形が踊り出てきた。

奇妙なる人形ひとつ　時々に踊り出る如し。わが心より　　釈　沼空

掲句の「浮人形」は、ゴムやビニールで作られた玩具だが、現実として源義の病床に現れたわけではない。次第に死への意識が色濃くあぶり出されて来た時、源義は沼空晩年の歌が不意に思いだされ、己の死と師・沼空の死を思い較べているのだ。

飯田龍太氏の『俳句の魅力』から、源義最晩年の句作について引用する。

すでに病篤く、文字を記すこともままならぬ病床にあって「三番日記」三十句をなした。

その号（「俳句」昭和五十年十一月）が枕頭にとどけられたとき、自らの句を、舐めるようにむさぼり読んだという。

浮人形なに物の怪の憑くらむか
秋風のかがやきを云ひ見舞客
鬼城忌のしはぶき遠き地上より
月の人のひとりとならむ車椅子
命綱すぐ手のとどく九月尽

ことごとく絶唱である。

鬼城忌は、九月十七日にあたる。その死因が同病であったことを知っての上か。いや、それよりもむしろ、聾俳人としてこの世を過ごした故人をおもえば、はるか地上のしわぶきさえ、さだかに聞き止め得るわが身の幸いを思う、という句意であろう。

あるいは、わが眼にはさだかでない秋天のかがやき、それを告げてはなむけとする見舞客の好意を、素直にうべなうこころ。

ただ、

浮人形なに物の怪の憑くらむか

だけは異様な句だ。「浮人形」は、幼児の玩具である。それが枕頭にあったとは思えぬから、想念の所産だろうが、この句は多分、その師折口信夫の最晩年の歌、

奇妙なる人形ひとつ　時々に　踊り出でる如し。我心より

が記憶のなかに蘇って生まれたものと思われる。源義は次のように記している。

「箱根で発病された先生は入院をすすめた門下の人に、山をくだることをこばまれた。山の中で誰にも知られず死にたいという念願だったという。先生の孤独心は、現《うつつ》とも幻ともつかぬ世界で、『奇妙な人形』が時々踊り狂った。今、この稿をつづる私は、魔《も》神《の》のいざないに心憑かれた先生の晩年に慄然とする。」

（「折口信夫」）

この記述について、もはや多言を要しまいと思う。

この稿を記しおわったところで、『西行の日』が、第二十七回読売文学賞（詩歌・俳句部門）受賞に決定した、と聞く。一炷の香煙縷々として著者の泪顔を蔽い、その傍らにいまは亡き愛嬢の童顔が浮ぶ。

青すき虹のごと崩《く》えし朝の魔羅《まら》（S50）

昭和五十四年「河」十月号に、私と金子兜太氏の「俳句は生きざまの証《あかし》」の題で対談した、掲句についての一部を引用する。

角川　俳句はつねに、俳句に限らないですが、人間に感動を与えるものは素朴さであると。素朴さというものは、歌でもそうなんですが、私が感じる歌というのは、うまい歌手じゃない。素朴な歌手で、その人間の生きている精一ぱいの姿、要するに、精一ぱい生きてることに感動するわけです。だから、うまっぽい俳句は嫌いなんですね。

金子　それはあなたでしょう。源義さんは少し違いますな。

角川　違います。だから角川源義という男が死ぬときに作った句の中で、完全に分ったわけじゃないけど、なんとなくこれは凄い句だなと思った句は、

花あれば西行の日とおもふべし

という作品。それから、これは完全に凄いなと思ったのは、

青すすき虹のごと崩《く》えし朝の魔羅《まら》

これです。

金子　ほォ、ぼくもそいつを追悼文に書いています。晩年の作の最高傑作だと。これならぼくも好きだって書いたんですよ。

角川　そうですか。

金子　うん、あの句はいいですよ。

姉・辺見じゅんは、掲句について語った。

「〈魔羅〉は、自らの男としての象徴です。自分のそういう男である象徴をも詠んでいるのです。つまりもう手業《てわざ》であるとか、巧《うま》く詠もうとかいう気持ちはない。正に父は最後の俳句に於いて、自らの生き方というか生きざまを示しているのです。この句は父の絶唱です。男として、人間としての絶唱とも思えるのです」

秋風のかがやきを云ひ見舞客（S50）

「三番日記」と題する連作の中の一句である。

掲句には、次の詞書《東京女子医大病院に入院、わが病室六階なれば空のみ見て終日くらす》がある。

『角川源義全句集』の中の十句に入る代表作。

見舞客が病院へ来るまでの景色を、「秋風のかがやき」であったと伝えたのであろう。源義自身も「秋風のかがやき」を見ている心地がしたのである。源義自身の言葉を籍《か》りれば、「爽やかで淡々とし、耳で理解出来るものが何よりである。平明で、かつ面白く、思いのこもった俳句が時間というきびしい淘汰のなかで生きぬき、伝承されていくように思う。」ということ。私が掲句を眺めていて浮かび上がってきたのは、芭蕉の生涯の発句の頂点である次の代表句である。

秋深き隣は何をする人ぞ　芭蕉

心の中で自分に呟きながら、他者への呼びかけとなっている。

命綱たのむをかしさ敗戦忌（S50）

「三番日記」と題する連作の中の一句である。源義が東京女子医大病院に入院したのは、八月十五日であった。「命綱」とは、女性が子供を生むときにすがった力綱。天井から白い紐が枕もとにぶらさがっていた。この命綱に我が身を託している自分を、おかしく思えたのであろう。掲句についても、源義自身の言葉を藉《か》りたい。

俳諧連句の面白みは発句に対して脇句はもどきや転換や飛躍があることに意味があった。独詠の道をたどるようになると、一句のなかで、もどき、転換・飛躍の妙が大切な要素となってくる。（中略）私は二句一章説を唱えるにあたり、陰陽の転換を主張したのも、その必要性からであり、晩年の芭蕉が意識的にこれを行っていることを発見した。芭蕉の軽みの説はその結果として生じたように思える。（中略）大切なことは俳句本来の意義は健康な笑いにある。じめじめした訴えはたまらない。

（昭和五十年「河」七月号）

「敗戦忌」に対するこの諧謔《かいぎゃく》は、陰を陽に転換させたもどき芸の「いのち」の一句。

あまた血をはたりに来るは蚊の姥《うば》か（S50）

この句には、次の詞書《採血検査つづく》がある。「蚊の姥《うば》」とは、蚊を大きくしたような姿をもつが、足は長く細い。弱々しい虫で、すぐに足がもげたりする。「がんぼ」とも言う。例句を一句だけあげると、源義と同じ清瀬市の東京病院に入院していた石田波郷の次の句。

眠れねば眠らずに居り蚊《か》の姥《うば》と　石田波郷

源義の「蚊の姥」は、前述の「敗戦忌」の句と同様の「健康な笑い」にある。山本健吉氏の『現代俳句』には、掲句についての次の鑑賞文がある。

東京女子医大病院に入院しての作。「わが病室六階なれば空のみ見て終日くらす」と詞書して、「神賜ふ秋天高し病日記」「秋風のかがやきを云ひ見舞客」「命綱たのむをかしさ敗戦忌」、また「夜は秋の溲瓶《しびん》にはかる尿の量」などの作がある。逆手《さかて》に出て、秋天のかがやきを詠み、諧謔にうち興じているだけ、作者の思いは暗いのだ。

この句の詞書、「採血検査つづく」。あまりにつづけば、採血される身の無心ではいられない。「蚊《か》の姥《うば》」は脚の長いががんぼ、血を吸う虫ではないが、部屋にはいって来るとうるさい。「はたり」は催促、医師や看護婦が、あまり頻繁に採血に来るので、お前さんは「蚊の姥」かと興じて見せた。「蚊の姥」と言ったからは、やはりやや中年の看護婦かも知れない。病閑あり、といった一句。

腹水みたび脱《ぬ》きて糸瓜《へちま》忌近きかな（S50）

「三番日記」と題する連作の中の一句である。『西行の日』には、清瀬市の東京病院に入院中の次の句が収録されている。

蜩《ひぐらし》や子規忌を忘れ患者食

前述したように実作者として、子規への好悪《こうお》が常に心の底にあった。子規が唱えた「写生」について、「写生というのは文学の本質の問題ではなく、あれは方法なんだ」と源義は語っている。しかし、掲句は正岡子規の忌日の九月十九日が単に近いと言っているだけで、子規に対する好悪の感情は全くない。むしろ正岡子規の『仰臥漫録《ぎょうがまんろく》』を思い浮かべ、自分もまた同様に病床にあると興じてみたのである。「腹水みたび脱きて」の措辞が切実だけに、子規の絶筆であるとともに絶唱となった、次の代表作三句に思いを致している。

糸瓜《へちま》咲て痰《たん》のつまりし仏かな
痰一斗糸瓜の水も間に合はず
をととひの糸瓜の水も取らざりき

昭和五十年十月二十七日午前十一時五十八分、東京女子医大病院の天井から下がった命綱を放して源義は逝った。その一か月前から、私と照子は交代で源義の病室に泊っていた。肝臓機能の障害で腹水が破水前の妊婦のような状態となり、何度も腹水を脱《ぬ》かなければならなかった。だが、源義は屈せず、「腹水みたび脱きて」の「陰」を、「糸瓜忌近きかな」の軽いユーモアのただよう「陽」に転換させて興じた。

月の人のひとりとならむ車椅子 （S50）

「三番日記」と題する連作の中の一句である。

「月の人」については、井上靖氏の名解があり、俳人の間の論を呼んだ。「月の人の」

と題する井上靖氏の次の一文である。

翌日、氏の訃報に接した時、改めてその〝月の人〟の句を読んだ。少くとも一カ月か、一カ月半前に作られた句ではないかと思われるが、氏はその時ご自分の死を予感しておられたのではないかと思った。

私がこの句から受けるイメージは車椅子に乗っておられる氏が、車椅子ごと月に向って上って行きつつある童画的なものである。車椅子は多少仰向けに傾いて、あたかも眼に見えぬ階段を一段一段登っているかのようである。白い月光はさんさんと降っている。そこを車椅子は上って行く。その車椅子に腰かけている氏は、上体を少し反らせるようにして、月の方に顔を向けておられる。私はロケットでは行きませんよ、速度は遅いが、車椅子で月へ行かせて貰います。そう言っておられるかのようである。（中略）この句から私が受けるものは、氏が死というものを予感しておられていたのではないかということであり、もしそうであったとしたら、なんとさわやかに、童画的に、そしてそ知らぬ顔で、それを表現しておられることであろうか。

月 の 人 の ひ と り と な ら む 車 椅 子

角川源義氏のことを思う時は、私の場合は、いつもこの句が顔を出して来そうである。月光の中で見る氏の顔は、さわやかで、きよらかで、多少きびしい。

（昭和五十一年「俳句」二月号）

「月の人」の鑑賞としては、井上靖氏の右の名解が定着している。この句が発表された雑誌「俳句」の脚注に、「九月二十日、十五夜。来合せた橘棟《たちばなとう》九郎《くろう》、井桁《いげた》白陶《はくとう》と共に屋上に出て月見をした」とあった。臨終の一月ほど前、病院屋上での、生涯で最後の名月賞玩である。井上靖氏の名解に対して、俳壇の諸氏が、井上氏は「月の人」を月世界に住む人と解しているが、俳句の約束ではそれは「月見の人」を意味する、と言った。しかし、古俳諧の例を見ると、いずれも「月の客」「月の友」であって、「月の人」の例句は一つも見当たらない。

源義の「月の人の」は、「花あれば」と並ぶ名吟である。「花あれば」が西行の「願はくは花の下にて春死なむその如月の望月のころ」をモチーフとしたように、私の解釈は柿本人麻呂と作者不詳の次の二首が頭に浮かぶ。

大船に真楫《まかじ》しじ貫《ぬ》き海原《うなはら》を漕《こ》ぎ出て渡る月人壮士《つきひとおとこ》　柿本人麻呂
天《あま》の海に月の舟浮け桂楫《かつらかじ》懸《か》けて漕ぐ見ゆ月人壮士《つきひとおとこ》　作者不詳

源義の「月の人」は、右の二首で解るように『万葉集』から取ったもので、古俳諧の「月の客」でも「月の友」でもなく、従って「月見の人」では全くない。私の句集『月の船』に、次の一句が収録されている。

死 生 は ひ と つ 星 林 に 月 の 船

昭和五十年六月二十日仁川《インチョン》港から、八月五日博多入港までの私を隊長とする野性号の踏査隊は、古代中国の史書『魏志《ぎし》』倭人《わじん》伝による帯方郡から奴国までの実験航海であった。当時の航海日記から引用すると、

七月二十八日　晴天
天の川の真下を古代船「野性号」は漕ぎ渡っていく。船には棺《ひつぎ》という意味がある。黄泉《よみ》送りに船が使われているからだ。熊野に残っていた補陀落《ふだらく》渡海の風習は、生身の人間を船

に乗せて海に放つ。海の彼方に浄土があると信じられたからだ。ライト兄弟が初めて飛行機を作ったとき、翼のある棺を機体に描いたという。星明りの下を、バサーッ、バサーッと水を上下する櫂を見たとき、思わず、野性号がはかない鳥に見えた。上下する櫂は、懸命に羽ばたく翼だった。遥かな海峡を渡るうちに羽毛もそげ落ち、骨が露出した翼だった。野性号もまた、飛鳥《ひちょう》の海峡を飛ぶ翼ある棺だった。そして船は、『古事記』の天鳥船《あまのとりふね》そのものだった。

（『わが心のヤマタイ国』）

「角川源義略年譜」によれば、「昭和十二年國學院大學予科入学。折口信夫（釈迢空）の短歌結社「鳥船社」に入り、短歌を学ぶ」とある。

私の句「死生はひとつ星林に月の船」は、源義の「月の人のひとりとならむ車椅子」の世界を描いた。車椅子は翼ある棺、鳥船であり、月の船となって生と死の星河を亘《わた》っていく、というのが私の句意であり、源義の「月の人」の鑑賞も同様である。

後の月雨に終るや足まくら（S50）

「俳句手帳」に残された十三句の中の最後の一句である。

同時作に、

引越の日の十三夜無月なり

があり、「後の月」が空想の景ではなかったことが判る。「足まくら」は、「腹水みたび脱《ぬ》きて糸瓜《へちま》忌近きかな」のある通り、源義の苦痛をやわらげるため置かれた枕である。

「後の月」は「月の人」の「晴《ハレ》」に対して「褻《け》」。源義は和歌を「晴《ハレ》」の文芸、俳句は「褻」の文芸と何度も述べてきた。

「後の月」は、陰暦九月十三日の夜、またはその夜の月。「後の月」の満月に二日早い月を眺めるというのも、少し欠けたところをこそ賞する日本独特の美意識である。

後の月は江戸時代、十五夜月を眺めた所で、再び十三夜月を眺める習俗があった。それ故、片方の月しか眺めないことは縁起が悪いとされ、そのことを、「片月見」と呼んで忌《い》んだ。源義は九月二十日の十五夜月を病院の屋上から賞玩しただけに、この秋最後の月として「名残の月」を眺めることが出来なかったことに心が残った。それが「雨に終るや足まくら」である。「後の月」は、源義にとって、おのれの「いのち」の切ない祈りだった。源義の「後の月」は、正岡子規の絶唱となった次の代表句に匹敵する。

　をととひの糸瓜の水も取らざりき　　正岡子規

角川源義の俳句の理解者である山本健吉氏は『現代俳句』の中で、次の鑑賞を記した。

「俳句手帳」最後の句。「絶句」と注して発表された。名月の「月の人」がある以上、「後の月」の句もありたいところ。だがそれが、「絶句」として、しかも「無月」の句として実現したのは、無念のことでもあった。「足まくら」は、足のさきに畳んだタオルか何かを置いて、小高くしておくのが、病者にとって楽なのである。作者が晩年に意図した「かるみ」の世界の実現であった。

あとがき

『角川源義の百句』の執筆は半年に及び、書き終ったのは十月二十一日、「後の月」の夜であった。奇しくも、角川源義の絶句となった昭和五十年十月二十一日作の次の代表句と同じ夜だった。

後の月雨に終るや足まくら　角川源義

満月に二日早い少し欠けた月を眺めながら、家族と夕食を摂り、自宅まで十分ほど歩いた。この半年間、源義の遺影を前にして対話を続けた。父の句とここまで真摯《しんし》に対《む》き合ったのは、初めてのことである。父の遺影と語りながら、俺の鑑賞で間違いないよネと何度も確認したが、もちろん、返事はない。けれど人生で初めて達成した感覚が残った。それが嬉しい。

平成三十年十月二十一日の後の月の夜

角川春樹

初句索引

ら行

著者略歴

角川春樹（かどかわ・はるき）

昭和十七年一月八日富山県生まれ。國學院大學卒業。父・源義が創業した角川書店を継承し、出版界に大きなムーブメントを起こす。抒情性の恢復を提唱する俳句結社誌「河」を引き継ぎ、主宰として後進の指導、育成に力を注ぐ。平成十八年日本一行詩協会を設立し、「魂の一行詩」運動を展開。句集に『カエサルの地』『信長の首』（芸術選奨文部大臣新人賞・俳人協会新人賞）、『流され王』（読売文学賞）、『花咲爺』（蛇笏賞）、『檻』『存在と時間』『いのちの緒』『海鼠の日』（山本健吉賞）、『JAPAN』（加藤郁乎賞）、『男たちのブルース』『白鳥忌』『夕鶴忌』『健次はまだか』『源義の日』など。著作に『「いのち」の思想』『詩の真実』『叛逆の十七文字』、編著に『現代俳句歳時記』『季寄せ』など多数。

俳誌「河」主宰、角川春樹事務所社長。

発　行　二〇一九年六月三日　初版発行
著　者　角川春樹 ©2019 Haruki Kadokawa
発行人　山岡喜美子
発行所　ふらんす堂
〒182-0002　東京都調布市仙川町一―一五―三八―2F
TEL（〇三）三三二六―九〇六一　FAX（〇三）三三二六―六九一九
URL http://furansudo.com/　E-mail info@furansudo.com

角川源義の百句

振　替　〇〇一七〇―一―一八四一七三
装　丁　君嶋真理子
印刷所　三修紙工㈱
製本所　三修紙工㈱
定　価＝本体一七〇〇円＋税
ISBN978-4-7814-1172-9 C0095 ¥1700E